Kamo et moi

Première de couverture : © Illustration de Benjamin Renner.
Deuxième de couverture : [h, g] Gamma-Rapho/Robert Doisneau ; [h, d] Collection Christophel © Touchstone Pictures ; [b] Collection Christophel © Haut et Court/France 2 Cinéma.
Troisième de couverture : [h] Collection Christophel © Warner Bros/Heyday Films ; [m] Collection Christophel © La Petite Reine/David Koskas ; [b] Prod DB © Fidélité Films/DR.
Pages 9, 12, 17, 22, 33, 38, 43, 47, 51, 55, 61, 68, 84, 88, 95, 112 : illustrations de Zelda Zonk.
Page 76 : © iStock/jangeltun.
Page 137 : © René Goscinny et Jean-Jacques Sempé, extrait de *Le Petit Nicolas, la bande dessinée originale*, IMAV éditions, 2017.
Page 142 : © Elena Torre/flickr.com/CC 2.0

170 bis, boulevard du Montparnasse, 75680 Paris cedex 14

ISBN 979-10-358-1717-6
ISSN 1958-0541

CLASSICOCOLLÈGE

Kamo et moi

DANIEL PENNAC

Dossier par Catherine Moreau
Certifiée de lettres modernes

BELIN ■ GALLIMARD

Sommaire

Introduction

À combien de défis faut-il faire face lorsqu'on entre en sixième ? Comment comprendre qui on est, quand on a une dizaine d'années ? Est-il possible de satisfaire à la fois ses professeurs, ses amis et ses parents ? Voilà certaines des questions que se pose le jeune narrateur de *Kamo et moi*.

Dans ce roman, qui appartient à la célèbre série des *Kamo* publiée entre 1992 et 1993, on retrouve toute la fantaisie de Daniel Pennac, son humour et la tendresse qu'il ressent pour les personnages sans doute inspirés des élèves qu'il a côtoyés comme professeur de français et dans lesquels il reconnaît l'élève qu'il fut.

Dans l'aventure que vous allez découvrir, le narrateur est confronté à deux problèmes : ne pas céder à la terreur pendant les cours de Crastaing, son effrayant professeur de français, et venir à bout d'une rédaction, qui lui semble impossible à rédiger. En pleine écriture, la réalité se met soudainement à dépasser la fiction ! Les deux camarades apprennent alors qu'il ne faut pas toujours se fier aux apparences...

Crastaing

Kamo avait imaginé un jeu. Il s'agissait de fermer les yeux et de deviner si Crastaing, notre prof de français, était arrivé ou non. Neuf fois sur dix, quand je rouvrais les yeux, le bureau était vide. Kamo empochait[1] un Carambar. La dixième fois, Crastaing était là.

– Vous dormiez, mon garçon ?

À peine avait-il refermé la porte qu'il était déjà derrière son bureau, rapide et silencieux comme une ombre d'oiseau.

– Je saurai vous réveiller, moi !

Cette voix, dans tout ce silence ! Haut perchée, métallique[2], coupante, une lame qui nous fouillait le cœur[3].

– D'ailleurs…

---

1. **Empochait** : gagnait.
2. **Métallique** : qui évoque le métal par sa dureté.
3. **Une lame qui nous fouillait le cœur** : la voix était comme un couteau qui cherchait des informations dans nos cœurs (métaphore).

Sa serviette[1] s'ouvrait (pas le moindre cliquetis de métal, à croire que les serrures étaient de velours[2]) et il en sortait nos copies sans un froissement de papier.

– Si je ne m'abuse…

Il prenait le temps de feuilleter le paquet, comme un jeu de cartes qui ne ferait pas de vent.

– Vous ne m'avez pas rendu votre rédaction. Je me trompe?

Il ne se trompait jamais.

– Deux heures! Et une petite conversation avec monsieur votre père[3].

C'était cela, Crastaing. Les quatre dernières années de notre enfance. Sixième, cinquième, quatrième, troisième. À raison de six heures de français par semaine. Total: 984 heures, 59 040 minutes (cinquante-neuf mille quarante, oui). Sans compter les heures de colle qu'il tenait à surveiller lui-même. C'était cela, avec un crâne chauve, un visage blanc, lisse, triangulaire, au menton plat, aux yeux petits et luisants[4]. Et cette vivacité[5] silencieuse. Et cette petite tache violette dans la poche où il glissait son stylo.

– Tu as tort de te plaindre, disait Kamo, des comme lui, tu n'en verras jamais d'autres. Même dans les livres.

Il ajoutait:

– Tu as remarqué? Il ne se cogne jamais contre rien, il ne touche jamais personne. La porte de la classe, peut-être qu'il ne l'ouvre pas, peut-être qu'il passe au travers…

---

1. **Serviette**: ici, cartable.
2. **À croire que les serrures étaient de velours**: le cartable est ouvert si silencieusement qu'on croirait que les serrures sont en tissu.
3. Cette phrase annonce une punition (retenue au collège durant deux heures) et un rendez-vous du professeur avec le père de l'élève.
4. **Luisants**: brillants.
5. **Vivacité**: rapidité dans les déplacements.

Puis, comme nous attendions notre métro, Kamo perdait un peu de son assurance.

Dis donc, pour parler d'autre chose, ce matin, fuite de flotte dans la salle de bains. Ma mère demande si ton père pourrait venir réparer.

Sa mère, Tatiana, était la seule personne au monde dont Kamo avait peur. Il n'en parlait jamais autrement qu'en regardant ses baskets.

Pope mon père et Moune maman

Les heures de colle, bon, Pope, mon père, les acceptait sans trop faire d'histoires.

– Si tu préfères passer ton samedi au collège, c'est ton affaire ; et puis, je suppose que Kamo te tient compagnie, non ?

Mais les « petites conversations avec monsieur votre père », c'était autre chose. Il les supportait de moins en moins. Jusqu'au jour où il ne les supporta plus du tout.

– Comment ? Un tête-à-tête avec Crastaing ? Encore ! Je n'irai pas !

Je m'en souviens très bien. C'était un mercredi après-midi. Il avait installé son atelier au milieu du salon. Il m'inventait une sorte de lit à coulisse[1] qu'on pourrait étirer d'un cran[2] chaque fois que je grandirais d'un centimètre. (Cela, surtout pour me faire plaisir, parce que j'étais le plus petit

1. **À coulisse** : avec une extension possible.
2. **Étirer d'un cran** : allonger légèrement.

de la classe et que j'avais peur de ne pas grandir.) Il levait les yeux vers moi et son tournevis fendait l'air.

– N'insiste pas, je te dis que je n'irai pas !

Moune dessinait dans son coin habituel. Moi, je restais planté[1] là, parmi les outils éparpillés.

– Je n'irai pas, je te dis !

En bonne mère, Moune finit par intervenir.

– Je pourrais peut-être y aller à ta place ?

Triturant[2] mon carnet comme une vieille casquette, je murmurai :

– Impossible, Moune, Crastaing a dit : « monsieur votre père ».

Et ce fut l'explosion.

– Pas question ! Je n'irai plus ! C'est terminé ! Je t'avais prévenu !

La porte claqua. Deux ou trois feuilles s'envolèrent – Moune y avait dessiné des robes légères comme des papillons (c'était son métier à elle, dessiner des robes) – et nous restâmes seuls un moment.

– Encore une rédaction que tu n'as pas finie à temps ?

– Pas commencée.

– Tu es vraiment le plus grand flemmard que je connaisse…

– J'y arrive pas, Moune, j'ai pas d'idées.

Une rédac par semaine. Trente-six rédac par an. Cent quarante-quatre rédactions de la sixième à la troisième. *Faites votre portrait, Racontez vos vacances, Une soirée en famille, En quoi avez-vous changé depuis l'année dernière à la même*

1. **Planté** : debout, sans mouvement.
2. **Triturant** : malaxant, froissant.

date ?, *Décrivez le jardin de votre tante.* Sans blague ! Il nous a vraiment posé ce sujet : *Décrivez le jardin de votre tante* ! Kamo et moi avions passé le samedi suivant en retenue : j'avais un jardin mais pas de tante, et lui une tante sans jardin. Or, avec Crastaing, il était pratiquement impossible d'inventer ; il brandissait[1] votre copie au-dessus de sa tête et glapissait[2] :

– Ce n'est pas de l'imagination, ça, mon pauvre ami, c'est du mensonge !

Une fois sur deux, il ajoutait :

– Ah ! comme je plains votre pauvre mère. Une mémoire d'éléphant[3], avec ça :

Dites-moi, ces vacances que vous prétendez me décrire ne seraient-elles pas celles de l'an passé ? Réfléchissez… Pâques, l'année dernière, non ? Deux heures ! Et une petite conversation avec monsieur votre père.

Oui, il se souvenait de tous nos devoirs. Le bruit courait qu'à force de nous lire il nous connaissait mieux que nous-mêmes.

– Mais, mon pauvre garçon, ce n'est pas vous que vous décrivez dans cette copie, c'est n'importe qui ! Et ce n'est pas une famille autour de vous, c'est n'importe quoi ! Mensonge ! Mensonge et paresse, comme toujours ! Croyez-vous que vos pauvres parents méritent cela ?

« Cela », c'était la copie qu'il secouait comme un chiffon sous le nez du coupable.

– Non, votre mère ne mérite pas cela !

Kamo me poussait du coude. Toute la classe levait les yeux sur Crastaing. Il promenait sur nous un regard désespéré.

---

1. **Brandissait** : agitait en l'air.
2. **Glapissait** : criait d'une voix aiguë.
3. **Une mémoire d'éléphant** : une grande mémoire.

Son bras retombait. La copie glissait sous une table. Une grosse boule montait dans la gorge de notre prof pour éclater au-dessus de nous en une sorte de sanglot[1]. Il avait l'air d'un enfant, alors. D'un enfant terriblement vieux.

– Et vous, vos parents, vous ne les méritez pas !

Je ne sais pas si l'un de nous eut jamais envie de rire à ces moments-là ; en tout cas, personne ne s'y risqua.

C'était peut-être cette pitié que Pope ne supportait pas.

– Écoute, toi !

Le plus souvent, Pope et Moune m'appelaient « toi ». Dans les moments de tendresse : « Bonjour, toi », c'était bien doux. Et dans les moments plus graves : « Écoute, toi ! », c'était efficace.

– Écoute, toi !

Pope était revenu et me pointait de son tournevis. Moi, j'écoutais.

– Je veux bien me faire plaindre encore une fois par Crastaing, mais c'est la dernière !

Il revenait de ces entrevues[2] muet comme un fantôme et, les jours suivants, il avait une mine transparente de convalescent[3].

– Alors, tu t'arranges comme tu veux, mais ta prochaine rédaction, tu l'auras finie au moins trois jours avant de la rendre, vu ?

Ça ne me laissait que quatre jours pour la faire. Pas le choix. J'essayai tout de même :

---

1. **Sanglot** : respiration bruyante, accompagnée de larmes. Ici, le professeur ne pleure pas, c'est pourquoi le narrateur précise « une sorte de sanglot ».
2. **Entrevues** : rendez-vous.
3. **Convalescent** : personne qui se remet d'une maladie et qui est encore faible.

– Ça dépendra du sujet, Pope…

– Non, ça dépendra de toi ! Il faut toujours vous mettre les points sur les i[1] à vous autres, les gosses !

Nouveau ça. Pope ne m'appelait jamais « les gosses ». Il y avait quelque chose de bizarre dans son regard : un début de colère, bien sûr, mais une sorte de prière, surtout ; plus que ça, même, une expression que je n'y avais jamais vue… On aurait dit qu'il me suppliait ! Oui, Pope, l'Inventeur et le Réparateur en tout genre, Pope, qui n'avait peur de rien, Pope, mon idole[2], Pope me suppliait de ne pas l'envoyer chez Crastaing !

J'ai mis plusieurs secondes pour comprendre ça, plusieurs secondes encore pour lutter contre une tristesse insupportable (comment Crastaing s'y prenait-il pour démolir un type aussi costaud ?) et, finalement, comme on promet à un enfant, sur le même ton, exactement, j'ai dit :

– D'accord, Pope, trois jours, c'est promis, ma rédac sera finie trois jours avant.

---

1. **Mettre les points sur les i** : donner des précisions pour éviter le moindre doute.
2. **Idole** : modèle, exemple.

Le sujet

J'en ai fait des promesses, dans ma vie… et difficiles à tenir ! Je n'en ai jamais regretté une autant que celle-là.

Le lundi suivant, en tombant des lèvres de Crastaing, le nouveau sujet a fait l'effet d'une douche froide. Sous le choc, tous les élèves se sont regardés. Puis ce furent les chuchotements, comme autant de petites fuites d'eau…

– C'est pas possible !

– On peut pas traiter ça !

– C'est trop invraisemblable[1] !

– Et puis quoi encore ?

– J'y arriverai jamais !

– Moi non plus…

Mais le silence de Crastaing rétablissait toujours le silence.

---

1. **Invraisemblable** : incroyable, très surprenant, inimaginable.

À la récré de quatre heures, le sujet était encore sur toutes les lèvres[1].

– Crastaing est devenu dingue, les gars.

Dans le métro, Kamo, qui jusque-là n'avait rien dit, posa son bras sur le mien.

– À samedi, mon garçon : deux heures ! Vous croyez que votre pauvre mère méritait « cela » !

Il imitait très bien la voix aiguisée[2] de Crastaing.

Mais cette fois-là, je n'ai pas ri.

– Impossible, j'ai promis à mon père de la faire, cette rédac.

Il a seulement hoché la tête, puis, regardant ses baskets :

– À propos de ton père, il vient le réparer ce robinet ? « On » s'impatiente, chez moi.

Rédaction pour le lundi 16.

Sujet : *Vous vous réveillez un matin, et vous constatez que vous êtes transformé en adulte. Affolé, vous vous précipitez dans la chambre de vos parents : ils sont redevenus des enfants.*

Racontez la suite.

« Je dis bien : *racontez la suite !* » avait précisé Crastaing. Puis il avait lâché une de ces phrases dont il avait le secret : « Et n'oubliez pas, l'imagination, ce n'est pas le mensonge ! »

1. **Sur toutes les lèvres** : dans toutes les conversations.
2. **Aiguisée** : tranchante.

Pope faisait la vaisselle du soir. Moune l'essuyait et je rangeais. On aurait dit que Pope avait enfilé le maillot jaune[1]. J'en étais encore à ranger les assiettes à soupe qu'il avait déjà disparu.

– Un débat politique à la télé, expliqua Moune.

Compris. Pope adorait les débats. Les types dans le petit écran[2] le mettaient en fureur ou lui flanquaient[3] au contraire de tels fous rires qu'il en tombait de son fauteuil.

Moune me tendait un verre.

– Un vrai gosse, ton père.

Le verre m'échappa et explosa sur le carrelage de la cuisine.

Moune se retourna.

– Hé, toi, quelque chose qui ne va pas?

Elle avait posé son éponge et s'essuyait les mains. Au lieu de répondre, je demandai:

– Moune, comment tu étais, quand tu étais jeune?

– Mais je suis jeune, nom d'un chien!

– Je veux dire vraiment jeune, une enfant, tu étais comment?

– La même, je suppose, en plus petit.

Accroupis l'un en face de l'autre, une balayette et une pelle de plastique à la main, nous étions comme deux enfants jouant sur une plage. Pourtant, je n'arrivais pas à imaginer Moune enfant. Vieille non plus d'ailleurs. Pour moi, Moune avait toujours été Moune, avec ses joues rondes

1. **Avait enfilé le maillot jaune**: était très pressé. Le maillot jaune est celui que porte le meilleur cycliste du Tour de France.
2. **Petit écran**: télévision (périphrase).
3. **Flanquaient**: donnaient (familier).

et de jolis reflets roux dans ses cheveux bruns. Une autre idée me traversa l'esprit.

– D'après toi, Crastaing, qu'est-ce qu'il peut bien raconter à Pope pour le mettre dans des états pareils ?

Les débris du verre firent un bruit de pluie en tombant dans la poubelle.

– Je ne sais pas, il n'en parle jamais. Pourquoi me poses-tu toutes ces questions ?

Profond soupir :

– Pour rien, Moune, pour rien, je suis juste un peu préoccupé.

En traversant le salon pour aller dans ma chambre, j'ai vu que Pope hochait[1] lentement la tête devant la télé. Il avait l'air complètement abattu[2]. Quand Moune est venue s'asseoir sur l'accoudoir de son fauteuil, il lui a pris la main et lui a montré les deux types qui s'expliquaient dans le poste[3].

– Regarde-moi ça…

J'ai regardé une seconde, moi aussi. Chacun des deux types avait l'air très content de lui-même et de l'avenir de la France, à condition que ce ne soit pas l'autre qui s'en charge.

Alors Pope a sorti une phrase qui m'a achevé :

– Tu veux que je te dise, Moune ? Il n'y a pas d'adultes.

Cette nuit-là, j'ai mis un certain temps à m'endormir. Les lèvres de Crastaing remuaient silencieusement dans

---

1. **Hochait** : remuait la tête de haut en bas.
2. **Abattu** : triste, découragé.
3. **Dans le poste** : dans la télévision.

ma tête. Il en tombait des mots tout écrits : les mots du sujet. Et c'était mon écriture.

Vous vous réveillez un matin, et vous constatez que vous êtes transformé en adulte. Affolé, vous vous précipitez dans la chambre de vos parents : ils sont redevenus des enfants.

Racontez la suite.

Voilà. Rédaction à faire en quatre jours. Facile, avec une mère qui a toujours été la même, un père qui est un vrai gosse et qui prétend que les adultes n'existent pas ! Et moi, au milieu de tout ça, moi qui n'ai jamais eu la moindre imagination, moi qui ne peux même pas faire mon propre portrait…

– Salopard de Crastaing, je te déteste, toi et tes portraits, toi et tes récits de vacances, toi et le jardin de tes tantes, je te hais, toi et tes sujets sur la famille, toujours la famille, je te… (Je crois bien que je l'injuriais[1] encore longtemps après m'être endormi.)

---

1. **Injuriais** : lançais des injures. Proclamais des termes négatifs qui cherchent à blesser ou à rabaisser.

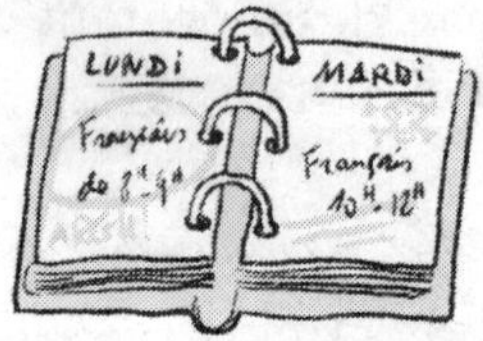

Compte à rebours

On ne devrait jamais maudire quelqu'un[1] en s'endormant, ça porte malheur. Le lendemain, mardi, Crastaing était absent. D'abord, personne n'y a cru. Nous l'attendions, immobiles et silencieux. (Avec sa façon de surgir comme une apparition et d'épingler[2] le premier qui bougeait, il nous faisait encore plus peur quand il n'était pas là.) La porte s'ouvrit une première fois, c'était Ménard, pour l'appel. Cinq élèves manquaient. Ménard sortit, les sourcils froncés. De nouveau, le silence et l'attente. Le grand Lanthier finit par murmurer :

– Hé, les gars ! Il est peut-être mort ?

Comme Crastaing n'était jamais malade, on ne pouvait rien imaginer d'autre. Kamo eut un ricanement sinistre[3].

---

1. **Maudire quelqu'un** : souhaiter le malheur de quelqu'un.
2. **Épingler** : gronder, reprendre.
3. **Ricanement sinistre** : rire moqueur, sans joie.

– S'il est mort, il est ici. Et s'il est ici, il va s'occuper de toi, Lanthier…

Tout le monde sentit un courant d'air glacé. Une voix tremblante chuchota:

– T'es pas marrant, Kamo.

– Non, dit Kamo.

La classe sursauta comme un seul homme[1] quand la porte s'ouvrit pour la seconde fois. C'était encore Ménard.

– Votre professeur est absent. Vous êtes en permanence[2]. Travaillez, je vous surveille.

Absent? Permanence? Explosion de joie. Des soldats apprenant la nouvelle de l'armistice[3]! Le surveillant leva la main.

– Pour votre rédaction, le tarif[4] reste le même: deux heures à ceux qui la rendront en retard.

– Et une petite conversation avec monsieur votre père, murmura Kamo avec la voix de Crastaing.

Fin de la deuxième journée.

Pope et Moune…

Pope et sa gigantesque carcasse[5] sonore et poilue, son sourire tout en dents, ses moustaches à la turque[6] et son regard pétillant.

---

1. **Comme un seul homme**: tous ensemble.
2. **Permanence**: salle destinée aux élèves qui n'ont pas de cours, qui leur permet de faire leurs devoirs.
3. **Armistice**: annonce officielle de la fin des combats entre deux pays en guerre. Par exemple, le 11 novembre 1918 est l'armistice de la Première Guerre mondiale.
4. **Tarif**: ici, punition.
5. **Carcasse**: corps (expression familière).
6. **Moustaches à la turque**: moustaches abondantes, qui redescendent sur les lèvres.

Moune toute ronde, élastique et calme, avec ses yeux de chat[1] et cette voix ronronnante[2], toujours la même, pour rire ou pour gronder.

Pope qui réparait tout…

Moune qui dessinait des robes…

– Dis donc, toi? Pourquoi est-ce que tu nous regardes comme ça? On dirait que tu débarques[3]…

La question de Pope me fit sursauter. Moune dessinait, assise à sa table, lui réparait le fer à repasser et je les observais depuis une bonne heure comme deux extraterrestres.

– Je me demandais comment vous vous étiez rencontrés, tous les deux.

– On s'est rencontrés à l'école, dit Moune.

– À la maternelle de la rue Tolbiac[4], si tu veux tout savoir. J'avais cinq ans et Moune quatre. Elle était déjà en avance sur moi, à l'époque.

J'ai d'abord cru qu'ils se fichaient de moi.

– Pope avait déjà ses moustaches, à la maternelle?

Moune regarda le plafond:

– Attends que je me souvienne…

Ce soir-là, Pope jeta deux bulletins scolaires sur mon lit. Ce n'était pas la maternelle, mais presque: cours moyen première année[5]. Il y avait deux noms. Et deux photos en noir et blanc. C'était Pope, et c'était Moune, les notes de Pope nettement moins bonnes.

---

1. **Yeux de chat**: yeux qui ont la capacité de bien voir la nuit.
2. **Ronronnante**: ici, douce, comme le ronronnement d'un chat.
3. **On dirait que tu débarques**: on dirait que tu viens d'ailleurs et que tu n'es au courant de rien.
4. La rue de Tolbiac est située dans le 13e arrondissement de Paris.
5. **Cours moyen première année**: CM1 ou première année du cycle 3.

Le lendemain, surprise : un bon tiers des élèves était absent, dont le grand Lanthier. Son père fit une apparition remarquée. Il ouvrit la porte de la classe et se tint là, debout devant nous, grand gaillard échevelé[1], immobile, la bouche ouverte, avec un air de stupéfaction[2] si intense qu'Arènes, notre prof de maths, dut sortir de sa « théorie des ensembles[3] » pour aller lui tapoter la joue. Alors seulement le père Lanthier bafouilla, tout en continuant à nous regarder :

– Lanthier… mon fils… Jacques… malade…

– Le père est encore plus fondu[4] que le fils, murmura Kamo.

J'ai ri. Je ne savais pas que j'allais le regretter.

À la maison, c'était Pope, maintenant, qui ne me quittait plus des yeux.

– Crastaing a donné son nouveau sujet de rédaction, c'est ça ?

– Oui, depuis lundi.

– Et qu'est-ce qu'il dit, ce sujet ?

– *Vous vous réveillez un matin, et vous constatez que vous êtes transformé en adulte. Affolé, vous vous précipitez dans la chambre de vos parents : ils sont redevenus des enfants. Racontez la suite.*

Pope ne fit aucun commentaire. Mais cette lueur, mi-prière, mi-terreur, s'était rallumée dans ses yeux.

– T'inquiète pas, Pope, je t'ai promis que je la ferai !

1. **Échevelé** : avec les cheveux en désordre.
2. **Stupéfaction** : grande surprise.
3. **Sortir de sa « théorie des ensembles »** : laisser de côté le livre expliquant la « théorie des ensembles », qui est une branche des mathématiques inventée par le mathématicien allemand Georg Cantor (1845-1918).
4. **Fondu** : fou (familier).

Oui, j'avais promis. Mais je n'avais pas l'ombre d'une idée. Pope était Pope. Moune était Moune, leurs photos d'enfants n'y changeaient rien. Des enfants inanimés[1], des enfants lointains, des enfants du passé, c'est tout. Dans ma chambre, ma corbeille à papiers se remplissait. Par la porte ouverte, j'entendis Moune demander à Pope :

– Mais qu'est-ce qui te fait si peur, enfin ?

– Ce n'est pas de la peur, répondit Pope, c'est autre chose… C'est pire.

Moune insista. Il refusa d'en dire davantage. Petite dispute chuchotée…

1. **Inanimés** : immobiles.

Arrêt sur lecture 1

Un quiz pour commencer

Cochez les bonnes réponses.

1 *Pour quelle raison le narrateur admire-t-il son ami Kamo ?*

- ❒ Kamo a toujours des idées originales.
- ❒ Kamo a les poches pleines de bonbons.
- ❒ Kamo est très fort en sport.

2 *Pourquoi le professeur de français punit-il le narrateur ?*

- ❒ Le narrateur cherche à faire rire ses amis.
- ❒ Le narrateur arrive trop souvent en retard.
- ❒ Le narrateur n'a pas rendu sa rédaction.

3 *Quels métiers exercent les parents du narrateur, Moune et Pope ?*

- ❒ Moune est dentiste et Pope est son assistant.
- ❒ Moune dessine des robes et Pope sait tout réparer.
- ❒ Moune est acrobate et Pope dresse les lions.

4 *Quelle promesse le personnage principal fait-il à son père ?*

❒ Finir la prochaine rédaction dans les temps.

❒ Ne plus rentrer en retard le soir.

❒ Ne plus avoir de punition jusqu'aux prochaines vacances.

5 *Quel événement décourage les élèves ?*

❒ Crastaing part en voyage scolaire avec eux.

❒ Crastaing veut remplacer le professeur de sport.

❒ Crastaing a donné un sujet de rédaction très difficile.

6 *Quelle question se pose le narrateur à propos de son père ?*

❒ Il s'interroge sur l'amaigrissement de son père.

❒ Il se demande pourquoi son père est si perturbé après les entretiens avec Crastaing.

❒ Il craint que son père ne perde son emploi.

7 *Deux évènements inhabituels interviennent dans la classe, quels sont-ils ?*

❒ Crastaing est absent et les élèves tombent malades.

❒ On découvre des guêpes et le principal les poursuit avec un filet à papillons.

❒ Le plafond de la classe s'est effondré, provoquant l'arrêt des cours.

8 *Quelle question pose le narrateur à ses parents ?*

❒ Il veut savoir depuis combien de temps ils sont mariés.

❒ Il aimerait apprendre pourquoi il est enfant unique.

❒ Il souhaiterait connaître la manière dont ils se sont rencontrés.

Des questions pour aller plus loin

→ *Découvrir l'univers du récit*

Crastaing, un professeur redoutable

1 Lisez attentivement les paroles de Crastaing. Attribuez ensuite chaque citation à une des caractéristiques du professeur.

Citations	Caractéristiques
« Vous dormiez, mon garçon ? […] Je saurai vous réveiller, moi ! » (l. 6, p. 9)	Il effraie ses élèves.
« Dites-moi, ces vacances que vous prétendez me décrire ne seraient-elles pas celles de l'an passé ? Réfléchissez… Pâques, l'année dernière, non ? Deux heures ! Et une petite conversation avec monsieur votre père. » (l. 54-57, p. 14)	Il punit souvent ses élèves.
« Mais, mon pauvre garçon, ce n'est pas vous que vous décrivez dans cette copie, c'est n'importe qui ! […] Mensonge ! Mensonge et paresse, comme toujours ! Croyez-vous que vos pauvres parents méritent cela ? » ((l. 61-65, p. 14)	Il menace ses élèves.
« Cette nuit-là, j'ai mis un certain temps à m'endormir. Les lèvres de Crastaing remuaient silencieusement dans ma tête » (l. 87-89, p. 20-21)	Il culpabilise ses élèves.

2 Langue Retrouvez dans cette liste les métaphores et les comparaisons employées pour décrire le professeur. À quoi vous fait-il penser ?

	Métaphore	Comparaison
« Il était déjà derrière son bureau, rapide et silencieux comme une ombre d'oiseau. » (l. 7-8, p. 9)	❑	❑
« Cette voix [...] métallique, coupante, une lame qui nous fouillait le cœur. » (l. 10-11, p. 9)	❑	❑
« Sa serviette s'ouvrait (pas le moindre cliquetis de métal, à croire que les serrures étaient de velours) [...]. » (l. 13-14, p. 10)	❑	❑
« Avec sa façon de surgir comme une apparition [...], il nous faisait encore plus peur quand il n'était pas là. » (l. 4-6, p. 22)	❑	❑

3 Crastaing semble tout à coup différent. Relevez deux citations : une qui montre une émotion ressentie par le professeur, l'autre qui le décrit de manière différente. Quel est l'effet produit ?

Kamo, un ami fidèle

4 Le narrateur apprécie son ami Kamo pour plusieurs raisons. Retrouvez-les en lisant les extraits suivants.

« Kamo avait imaginé un jeu. Il s'agissait de fermer les yeux et de deviner si Crastaing, notre prof de français, était arrivé ou non. Neuf fois sur dix, quand je rouvrais les yeux, le bureau était vide. Kamo empochait un Carambar. » (l. 1-4, p. 9)

« Si tu préfères passer ton samedi au collège, c'est ton affaire ; et puis, je suppose que Kamo te tient compagnie, non ? » (l. 3-5, p. 12)

5 Le trait de caractère le plus marquant de Kamo est son humour. Relisez les pages indiquées dans le tableau ci-dessous et relevez les citations qui le prouvent.

Pages	Citations
p. 18	______________________________ ______________________________ ______________________________ ______________________________
p. 23	______________________________ ______________________________ ______________________________ ______________________________
p. 25	______________________________ ______________________________ ______________________________ ______________________________

6 Dans quelles circonstances Kamo perd-il son assurance ? Pour répondre, relisez la page 11.

Une famille formidable

7 Lisez la description du professeur de français ci-dessous, puis recopiez celles de Pope et de Moune aux pages 23 et 24. Que constatez-vous ?

Crastaing

« un crâne chauve, un visage blanc, lisse, triangulaire, au menton plat, aux yeux petits et luisants. Et cette vivacité silencieuse. » (l. 28-30, p. 10)

Pope

____

____

____

____

Moune

____

____

____

____

8 Le narrateur ne fait pas toujours bien ses devoirs. Relevez une réaction de Pope (p. 12) et une de Moune (p. 13) à ce sujet. Comment qualifieriez-vous l'attitude des parents ?

9 Le narrateur observe ses parents avec attention. Une réaction de son père le surprend : laquelle ? Justifiez votre réponse en vous appuyant sur une citation précise du texte (p. 16 et 20).

Zoom sur la rédaction (l. 37, p. 19 à l. 101, p. 21)

10 Pour rédiger la nouvelle rédaction, le narrateur doit imaginer ses parents lorsqu'ils étaient enfants. Relisez le petit dialogue qu'il a avec Moune et commentez les deux réactions de la mère. Selon vous, le narrateur sera-t-il satisfait des réponses obtenues ? Pourquoi ?

11 Les deux phrases suivantes font réagir le jeune garçon, pourquoi ? Que veulent-elles dire ?

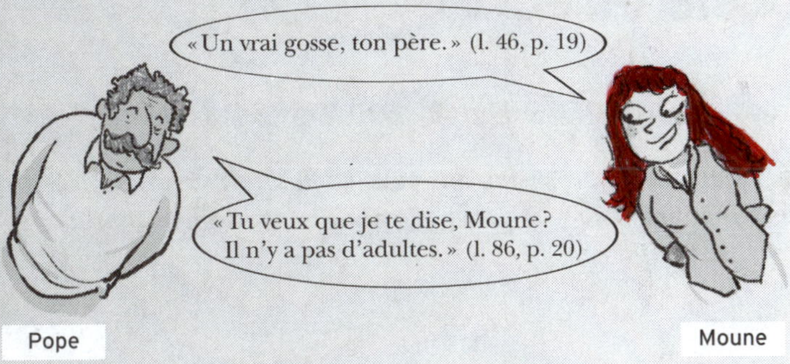

12 Le sujet de rédaction semble difficile, mais provoque toutefois des réactions positives : lesquelles ? Pour répondre, aidez-vous des réponses aux deux questions précédentes.

✔ Rappelez-vous !

• Dans le roman *Kamo et moi* de Daniel Pennac, **le lecteur s'attache aux deux personnages principaux** décrits avec humour, découvre leurs familles respectives et **comprend les angoisses du narrateur** devant l'effrayant Crastaing.

• Un récit mettant en scène **le quotidien d'un collégien** présente **un univers familier** au lecteur. Celui-ci reconnaît des situations qu'il a déjà vécues ou auxquelles il a assisté : **il s'identifie aux personnages**. Cependant, cela n'empêche pas la découverte de situations inédites et de personnages originaux.

De la lecture à l'expression orale et écrite

Des mots pour mieux s'exprimer

1 ***Les élèves de Crastaing ont peur de lui. Retrouvez les synonymes du mot*** **peur**. ***Attention, certaines consonnes ont disparu...***

A _ _ O _ E _ E _ T

A _ _ O I _ _ E

A _ _ I É _ É

C _ A I _ _ E

I _ _ U I É _ U _ E

P _ O _ I E

T E _ _ E U _

T _ A _

2 ***Complétez ce jeu de sept familles en trouvant les mots de la même famille que*** **jeu**. ***Aidez-vous d'un dictionnaire.***

Famille: JEU ___________ **Nom commun pluriel**	Famille: JEU ___________ **Verbe n° 1**	Famille: JEU ___________ **Verbe n° 2**
Famille: JEU ___________ **Verbe n° 3**	Famille: JEU ___________ **Nom commun singulier n° 1**	Famille: JEU ___________ **Nom commun singulier n° 2**

La parole est à vous

3 ***Le narrateur, en pleine réflexion, déclare: « Et moi, au milieu de tout ça, [...] moi qui ne peux même pas faire mon propre portrait... » (l. 99-101, p. 21). Relevez le défi et faites votre portrait en dix phrases !***

Consignes. Prenez quelques notes sur une feuille de brouillon. Dans un premier temps, décrivez votre aspect physique en seulement trois phrases, l'essentiel doit porter sur votre caractère et vos centres d'intérêt. Présentez-vous ensuite à la classe.

4 ***Par groupes de trois élèves, faites une lecture expressive du poème suivant.***

Ponctuation

– Ce n'est pas pour me vanter,
Disait la virgule,
Mais, sans mon jeu de pendule,
Les mots, tels des somnambules,
Ne feraient que se heurter.

– C'est possible, dit le point.
Mais je règne, moi,
Et les grandes majuscules
Se moquent toutes de toi
Et de ta queue minuscule.

– Ne soyez pas ridicules,
Dit le point-virgule,
On vous voit moins que la trace
De fourmis sur une glace,
Cessez vos conciliabules

Ou, tous deux, je vous remplace !

Maurice Carême, « Ponctuation » dans *Au clair de la lune*,

Consignes. Répartissez-vous le texte et apprenez votre partie par cœur. Récitez ensuite le poème devant la classe de manière expressive. Les e doivent être prononcés pour respecter le rythme des vers.

À vous d'écrire

5 ***Crastaing dit parfois à certains élèves, en parlant de leurs rédactions : « Ce n'est pas de l'imagination, ça, mon pauvre ami, c'est du mensonge ! » (l. 49-50, p. 14). D'après vous, doit-on obligatoirement inventer lorsqu'on écrit une histoire ?***

Consignes. Pour répondre, essayez d'abord de comprendre pourquoi Crastaing dit cela, ce qu'il attend des rédactions de ses élèves. Puis, dites si vous êtes d'accord avec cette phrase du professeur en justifiant votre propos par des exemples tirés de votre propre expérience.

6 ***Vous est-il arrivé d'avoir peur face à une rédaction ?***

Consignes. Votre texte, d'une quinzaine de lignes, décrira votre émotion devant le sujet, puis l'angoisse qui monte quand vous voyez d'autres élèves qui commencent à écrire alors qu'il vous semble ne pas avoir d'idées. Enfin, vous raconterez comment cette épreuve s'est terminée et ce que vous pouvez tirer de cette expérience.

Du texte à l'image

Histoire des arts

- Robert Doisneau, *Un écolier soufflant une réponse à son camarade de classe*, 1945, photographie.
- *Entre les murs*, film de Laurent Cantet, 2008.

➡ **Images reproduites au début de l'ouvrage, au verso de la couverture.**

Lire l'image

1 Sur la photographie de Robert Doisneau, pourquoi le garçon au premier plan est-il debout ? Justifiez le titre de l'œuvre.

2 Observez la photographie tirée du film *Entre les murs* de Laurent Cantet. Qu'est-ce qui suggère l'amitié dans l'attitude des deux filles ?

3 Dans ces photographies, qu'est-ce qui vous paraît proche ou au contraire différent de votre propre classe de sixième ?

Comparer le texte et l'image

4 Quels points communs remarquez-vous entre les élèves de la photographie de Robert Doisneau et les héros de *Kamo et moi* ?

5 Quels épisodes du récit pourraient illustrer ces deux images ?

6 La photographie issue du film *Entre les murs* pourrait-elle illustrer le roman *Kamo et moi* ? Pourquoi ?

À vous de créer

7 Sur Internet, consultez ces deux vidéos.

– **https://www.youtube.com/watch?v=52A14DGCEog** : extrait des *Disparus de Saint-Agil*, de Christian-Jaque (1938).

– **https://www.youtube.com/watch?v=dkfZGXyKTVk** : *La Guerre des boutons* d'Yves Robert (1962).

Laquelle de ces vidéos vous donne le plus envie de découvrir le film ? Vous expliquerez les raisons de votre choix à l'écrit ou à l'oral.

Pope, c'est une blague !

Ça devait être une épidémie, parce que le jeudi matin nous n'étions plus que dix dans la classe. Dix sur trente-trois !

En passant devant le bureau toujours ouvert de Ménard, j'entendis la question que lui posait le directeur :

– Et les parents ?

– Ils bafouillent[1], ils disent n'importe quoi, ils ont tous l'air plus affolés les uns que les autres.

Le directeur réfléchit en grognant.

– Bon. Conduisez les dix rescapés[2] chez le docteur Grappe.

C'était le docteur du collège. Il habitait à deux pas. Je l'aimais bien parce qu'il ne me disait jamais que j'étais le plus petit de la classe. Il se contentait de dire que je n'étais pas le plus grand. Et puis il avait la tête d'Alec Guinness[3]

1. **Bafouillent** : disent des paroles peu compréhensibles.
2. **Rescapés** : personnes qui ont échappé à une maladie ou à un danger.
3. **Alec Guinness** (1914-2000) : acteur britannique.

dans *Le Pont de la rivière Kwaï*[1], le film préféré de Pope. Et le même air placide[2] sous sa moustache rousse. Il nous posait de curieuses questions pour un docteur. Ainsi, cette fois-là (je passais le premier), au lieu de m'ausculter[3], il me demanda :

– C'est une semaine de compositions[4] ?

Je fis non de la tête.

– Quelqu'un a donné un devoir difficile ?

Je fis oui.

– Français ?

Dans le mille. Je lui récitai le sujet, je lui répétai la phrase de Crastaing : « Et n'oubliez pas, l'imagination, ce n'est pas le mensonge ! » Je lui avouai que j'avais promis à mon père de faire cette rédaction en quatre jours et que je n'y arrivais pas. Quand il m'arrêta, j'étais sur le point de pleurer. Il me passa sa grosse main dans les cheveux, refusa d'ausculter les autres élèves, et fit son diagnostic à Ménard qui l'interrogeait du regard :

– Crastaingite[5] aiguë, ces gosses sont morts de peur, voilà tout. Aucun danger pour les autres classes.

– Le toubib[6] se goure, dit Kamo sur le chemin du retour, je n'ai pas peur de Crastaing, moi.

---

1. ***Le Pont de la rivière Kwaï*** : roman de Pierre Boulle (1912-1994), adapté au cinéma par David Lean (1908-1991), qui raconte l'opposition, pendant la Seconde Guerre mondiale, entre le colonel Saïto, un Japonais, et le colonel Nicholson, un Anglais, à propos de la construction d'un pont stratégique.
2. **Placide** : calme, tranquille.
3. **Ausculter** : écouter l'organisme en prenant le pouls ou en écoutant le cœur.
4. **Compositions** : contrôles, interrogations.
5. **Crastaingite** : maladie inventée dont le nom est formé avec le nom du professeur « Crastaing » et le suffixe « -ite » qui entre dans la composition des noms de maladies infectieuses, comme « appendicite », « gastroentérite ».
6. **Toubib** : médecin (familier).

– Justement ! C'est pour ça que tu n'es pas malade !

– Oui, mais toi tu as une trouille terrible et tu n'es pas malade non plus.

C'était vrai, j'avais peur. Mais ce n'était pas de Crastaing. J'avais peur de ce que j'avais vu, l'espace d'un éclair, passer sur le visage de Pope. Dans ma courte vie, j'avais fait pas mal de choses à Pope : menti, signé mon carnet à sa place, fauché un petit billet par-ci par-là, mais les promesses, je les avais toujours tenues. Et celle-ci, la plus importante de toutes, il ne me restait plus qu'une nuit pour la tenir !

La dernière bouchée de mon dîner avalée, je m'enfermai dans ma chambre. Pour ne pas me déranger, Pope et Moune n'allumèrent pas la télévision. Mais, dans le silence, c'était plus difficile encore. J'entendais bouillir ma cervelle[1]. J'essayai de toutes mes forces d'imaginer Pope et Moune à la maternelle, mais je n'avais jamais vraiment observé les enfants de cet âge. Je me levai et me regardai longuement dans la glace de mon armoire : un être minuscule, aux épaules osseuses[2], à la poitrine rentrée, à la peau transparente, avec une large bouche au milieu de la figure qui hésitait entre un tas d'expressions. Comment imaginer cela adulte ? Dans quel sens allais-je pousser[3] ? En hauteur ? En largeur ? Et la voix de Crastaing qui résonnait dans ma tête : « Ce n'est pas de l'imagination, cela, c'est du mensonge ! »

1. **J'entendais bouillir ma cervelle** : je réfléchissais avec une grande intensité.
2. **Osseuses** : maigres, dont on voit les os.
3. **Pousser** : ici, grandir (familier).

Pris d'une soudaine inspiration, je sortis en trombe[1] de ma chambre et me ruai[2] sur le téléphone.

– Allô, Kamo ?

– C'est toi ? Qu'est-ce qui se passe ?

– Kamo, tu es mon copain ?

– Évidemment.

– Alors il faut que tu fasses cette rédac.

– Avec la mère que j'ai ! L'imaginer enfant ? Pas question ! Catégorique.

Je respirai un grand coup et réussis à dire :

– Kamo, tu n'es plus mon ami.

Je ne sais pas, il m'avait semblé qu'à deux ç'aurait été plus facile. Maintenant, j'étais vraiment seul. Seul à griffonner[3] n'importe quoi sur des feuilles que je jetais les unes après les autres à la poubelle, seul avec un mal de crâne qui commençait à me troubler la vue, seul avec la voix de Crastaing qui me demandait si ma pauvre mère méritait « cela », et des larmes qui jaillissaient de ses petits yeux comme si sa tête avait été une poire ! Jusqu'au moment où je me suis levé, où j'ai fait quelques pas et où je suis tombé sur mon lit.

Ce n'était pas le sommeil. Ça ressemblait plutôt à un évanouissement.

Je n'ai jamais fait de plus grand effort que le matin suivant pour me lever. Ma tête était si lourde, mes os si douloureux ! Mes pieds pesaient comme s'ils pendaient dans le vide, à l'autre bout du lit, des sacs de ciment attachés à mes chevilles.

---

1. **En trombe** : très rapidement.
2. **Me ruai** : me précipitai.
3. **Griffonner** : écrire rapidement et de manière peu lisible.

Je me suis laissé rouler par terre et me suis redressé comme si je portais le monde sur mes épaules[1]. Je me suis dirigé en titubant[2] vers la porte de ma chambre. Quelque chose m'a arrêté au milieu de la pièce. Je venais de passer devant l'armoire à glace. Il y avait quelqu'un dans le miroir. Je me suis approché. C'était Pope. Immense. Avec ses moustaches. Et tout nu.

Il avait une tête de lendemain de réveillon[3]. Je l'ai regardé un long moment…

Et j'ai fini par demander :

– Hé, Pope ! Qu'est-ce que tu fais dans mon miroir ? C'est une blague ?

•

1. **Comme si je portais le monde sur mes épaules** : allusion à Atlas, un Titan de la mythologie grecque, qui est condamné par Zeus à porter le monde sur ses épaules.
2. **Titubant** : vacillant, menaçant de tomber.
3. **Une tête de lendemain de réveillon** : mauvaise mine, un air fatigué (familier).

De vrais gosses

Ce n'est pas une blague. Ce n'est pas Pope, c'est moi. C'est moi ! Moi qui remue les lèvres en même temps que moi, moi qui fais les mêmes gestes que moi. Pope n'a jamais été opéré de l'appendicite[1]. C'est moi. Moi ! Avec les bras immenses de Pope, le torse et les jambes poilues de Pope, la moustache, les dents et les mains noueuses[2] de Pope, moi avec un air Pope[3] plus vrai que Pope ! Et, plus près du miroir, à le toucher, c'est encore moi. Dans mon regard, il y a cette expression de curiosité réfléchie[4] que j'ai toujours connue à Moune. D'ailleurs, sous les sourcils touffus de Pope, les yeux, verts et fendus, sont ceux de Moune. Et, quand je soulève la longue moustache turque, c'est la bouche de Moune que je découvre, et la même fossette,

1. **Opéré de l'appendicite** : subi une opération qui consiste à retirer l'appendice, partie située au début du gros intestin et qui peut faire mal si elle gonfle brusquement.
2. **Mains noueuses** : mains maigres et sèches.
3. **Un air Pope** : une ressemblance avec son père.
4. **Réfléchie** : pleine de réflexion, qui analyse.

qui n'a jamais l'air de tout à fait y croire[1]. Pope avec les yeux et la bouche de Moune, pas de doute : c'est moi ! Mais alors ? Alors ?

Il faut trois pas aux jambes de Pope pour me conduire à la porte des parents, mais il me faut une bonne minute pour me décider à l'ouvrir.

Finalement, comme on se jette à l'eau[2], j'entre.

Soulagement. Le grand lit est vide, avec une boule de draps et de couvertures mêlés au milieu. Rien de changé : « Pope et Moune doivent être à la cuisine, comme d'habitude à la même heure. J'ai rêvé. Somnambulisme[3]. Me recoucher pendant qu'ils préparent le petit déjeuner… Oui, me recoucher. » À peine ai-je pris cette décision qu'une petite voix me cloue sur place[4].

– Hé, toi !

C'est sorti d'une tête ronde et bouclée, qui vient d'émerger[5] au sommet des couvertures et qui me fixe de ses yeux noirs étincelants.

– On ne s'habille pas, ce matin ?

D'un geste éclair, j'attrape la chemise de Pope posée sur le dossier d'une chaise et me la noue autour de la taille. Une seconde plus tard, une petite fille de cinq ou six ans, surgie de nulle part, est accrochée à mon cou.

– Bonjour, toi !

1. **Qui n'a jamais l'air de tout à fait y croire** : qui doute.
2. **On se jette à l'eau** : d'un coup.
3. **Somnambulisme** : fait de se déplacer pendant le sommeil.
4. **Me cloue sur place** : me sidère, m'immobilise.
5. **Émerger** : sortir.

Elle gigote comme un poisson et il y a des éclats roux dans ses cheveux blonds. Sur le tas de draps et de couvertures, la petite tête sérieuse reprend la parole.

– Habille-toi, Moune, on va être en retard à l'école.

J'ai presque crié :

– Non ! Pas d'école, ce matin !

La petite tête sérieuse a un haussement de sourcils.

– Ah, bon ? Pourquoi ?

– Une épidémie. Très grave. Crastaingite…

– C'est Mlle Lambesc qui t'a prévenu ?

La petite fille a une voix flûtée[1], pleine de rires.

– Oui, elle m'a téléphoné.

– Mlle Lambesc ne raconte que des conneries.

Le garçon a dit ça en s'asseyant sur le bord du lit puis, en voyant mon air ahuri[2], il place la main devant sa bouche et fait :

– Oh, pardon…

– Il veut faire le malin, explique la petite, parler comme les grands.

Tout ce que je dis, ou fais, ce matin-là, est instinctif[3]. Je n'ai qu'une idée : sortir d'ici. Réfléchir. Trouver une explication, une solution, quelque chose. En tout cas, ne pas rester là. Je m'habille en quatrième vitesse avec les vêtements de Pope et ordonne au garçon de préparer le chocolat.

– Mais je ne sais pas le faire !

– Tu apprendras !

1. **Flûtée** : aiguë, comme le son d'une flûte.
2. **Ahuri** : surpris, choqué.
3. **Instinctif** : fait machinalement, sans réfléchir, d'instinct.

Je lui lance un tel regard qu'il n'insiste pas. Au moment où je sors, la petite m'agrippe par le pan[1] de ma veste.

– Hé, toi ! Quelque chose qui ne va pas ?

Je m'entends encore répondre :

– Rien, Moune, rien. Je suis juste un peu préoccupé, c'est tout.

Dehors, il pleut à torrents[2].

À en juger par la tête des quatre survivants quand j'ouvre brusquement la porte de ma classe je dois avoir l'air d'un fou jaillissant d'un puits. Ils n'ont pas changé, ces quatre-là ! Et Kamo est toujours Kamo…

Alors, pris de court[3], sentant rougir les immenses oreilles de Pope, je balbutie[4] :

– Excusez… mon fils… malade…

(Oh ! Lanthier ! … Pardon, Lanthier ! …)

Le seul à ne pas broncher[5], c'est Baynac, notre prof d'histoire. Il me dit « oui, oui » sans avoir l'air d'y croire, puis il ajoute, en montrant les quatre élèves :

– Et voici les débris de la Grande Armée[6]…

---

1. **Pan** : partie flottante de la veste, qui descend sur les cuisses.
2. **À torrents** : à verse, en grande quantité.
3. **Pris de court** : surpris, pris au dépourvu.
4. **Balbutie** : bredouille, bafouille.
5. **Ne pas broncher** : ne pas réagir, rester sans émotion apparente.
6. **La Grande Armée** : allusion à la puissante armée de l'empereur Napoléon Ier (1769-1821).

Alors, c'était vous ?

Kamo m'a rejoint dans la rue. Il est essoufflé. Il m'a pris par le bras. Nous nous tenons debout, l'un en face de l'autre, immobiles sous une pluie battante[1]. Il lève sur moi un visage trempé et anxieux. Je le domine de deux ou trois têtes. Il dit :

– Je veux le voir !

Je dis :

– Trop malade, impossible.

Ses traits se durcissent. C'est le Kamo farouche[2], il ne cédera pas. Il lâche mon bras et dit :

– J'y vais.

Je le retiens de force. La poigne[3] de Pope le fait grimacer. Et tout à coup, j'ai une idée. L'idée !

1. **Battante** : forte.
2. **Farouche** : sauvage.
3. **Poigne** : force.

– Hier soir, il t'a demandé de faire la rédaction de Crastaing, non ? C'est la seule chose qui pourrait l'aider. Essaie de la faire. Essaie de toutes tes forces !

Kamo ouvre des yeux grands comme ça et demande :

– Pourquoi ?

C'est alors que j'explose :

– Fais ce que je te dis ! Il faut toujours vous mettre les points sur les i, à vous autres, les gosses !

Il n'en revient pas. Pope ne lui a jamais parlé sur ce ton.

Je m'éloigne à grands pas. J'entends de nouveau sa voix qui m'appelle :

– Hé, monsieur ! Y a un robinet qui fuit chez ma mère !

Sans me retourner, je lui réponds que je le sais, et que je n'ai pas le temps.

En rentrant, je constate – miracle ! – que Pope et Moune n'ont pas mis le feu à la maison. Avec ce qu'on dit des enfants, je m'attendais à tout.

J'ai pensé à leur acheter des vêtements en cours de route. La vendeuse a demandé la taille, j'ai dit « grands comme ça » en montrant avec mes mains. La vendeuse a ri, et déclaré que j'avais du « charme »[1].

Pas compris…

Moune a tout de suite essayé ses robes. Elle a décrété[2] qu'elles étaient moches et qu'elle allait en dessiner d'autres. Elle a dessiné n'importe quoi.

« Very[3] chouette, j'ai dit, continue. » Pope a surgi avec un tournevis presque aussi grand que lui. Il m'a expliqué

1. La vendeuse est attendrie par ce client qui ne sait pas définir la taille de ses enfants.
2. **Décrété** : déclaré, décidé.
3. **Very** : très (en anglais).

qu'il venait d'inventer un « plumard à coulisse[1] ». Il m'a entraîné dans ma chambre et m'a montré mon lit.

– C'est pour quand je grandirai, tu comprends ? À chaque centimètre, un cran de plus.

– Magnifique ! j'ai dit. Continue !

Ménage, courses, cuisine, vaisselle, mine de rien, j'ai fait tout ce qu'il fallait.

Maintenant, je m'effondre[2] dans un fauteuil, complètement épuisé.

Et pour la première fois, je les regarde vraiment.

Pope a démonté le fer à repasser. Moune entame son soixantième dessin.

Pope…

Moune…

Alors, c'est vous ? C'était vous[3] ?

– Moune !

La petite fille lève la tête et me sourit. Pas de doute : c'est bien la même fossette, au coin du même sourire. Quand tu grandiras, tes cheveux bruniront[4], Moune, mais ne t'inquiète pas, ils conserveront ce joli reflet roux.

C'est Pope qui me surprend. Il est tout rond. Plis et rebondissements[5] partout.

(« Moi, j'ai d'abord poussé comme une citrouille. C'est ensuite que j'ai choisi l'asperge. » Il m'a dit ça, un jour, c'est vrai.)

---

1. **Plumard à coulisse** : lit avec un agrandissement possible (familier).
2. **M'effondre** : me laisse tomber.
3. Le narrateur est surpris et ému de pouvoir contempler ses parents dans leur enfance.
4. **Bruniront** : deviendront plus foncés.
5. **Plis et rebondissements** : bourrelets.

Mais aujourd'hui, assis en tailleur à mes pieds, levant soudain les yeux du cadavre à repasser[1], il me dit autre chose:

– Dis donc, toi? Pourquoi est-ce que tu nous regardes comme ça? On dirait que tu débarques…

Il me faut la solitude et la nuit noire pour revenir à la terrible réalité: Pope et Moune enfants! Moi adulte! Pope et Moune à qui j'ai ordonné d'éteindre mais qui continuent à pouffer[2] et à chuchoter dans leur lit. Et moi, adulte! Des milliards de problèmes à résoudre, évidemment: que dire aux clients de Pope? aux boutiques de Moune? Que faire de Pope et de Moune enfants? Faut-il leur expliquer la situation? Et moi, si ça dure, comment vais-je gagner ma vie? leur vie… Pourtant, une seule pensée me torture vraiment: je viens de perdre vingt ou trente années de ma vie! Comme ça! D'un seul coup! Je n'arrive pas à penser à autre chose. Cela revient sans cesse: vingt ans perdus! trente, peut-être! Perdus, comme on perd un objet, un portefeuille… Quand? Comment? Où? Perdus! Vingt ou trente ans d'un seul coup! Impossible de penser à autre chose. Le temps perdu… C'est bien une pensée d'adulte, ça, il n'y a pas de doute!

---

1. **Cadavre à repasser**: expression pour signifier que l'enfant a essayé de démonter et remonter le fer à repasser, mais qu'il a échoué. Le fer à repasser est désormais inutilisable.
2. **Pouffer**: éclater de rire.

Tatiana

Le lendemain, le téléphone sonne de bonne heure.

– Allô, c'est toi ? Tu es un beau salaud !

Pas besoin de reconnaître la voix pour savoir que c'est Kamo. Et qu'il a essayé de faire la rédac.

– Tu n'aurais jamais pu comprendre, Kamo. Maintenant, tu sais.

Il me maudit[1] encore un bon coup.

– Tu trouves que ma mère ne me posait pas assez de problèmes quand elle était adulte ? Tu crois que c'est moins compliqué maintenant ?

Je réponds juste ce qu'il faut :

– Viens t'installer ici, chez nous, avec elle, ce sera plus facile.

Ils débarquent[2] une demi-heure plus tard alors que nous beurrons les tartines du petit déjeuner. Kamo, lui, c'est en

1. **Me maudit** : souhaite que la foudre s'abatte sur moi.
2. **Débarquent** : arrivent soudainement.

largeur qu'il a grandi. C'est un homme d'une quarantaine d'années, tête et poitrine massives[1], crinière de lion, sourcils froncés, regard furieux, démarche de marin par gros temps[2]. Pas rasé. Les dents serrées.

– S'il n'y avait pas les gosses, qu'est-ce que tu prendrais[3] !

Heureusement, il y a les gosses. Dont une petite fille aux yeux violets remplis de fureur. Elle marche derrière lui, dans des chaussures trois fois trop grandes pour elle, et s'empêtre[4] dans une robe qui pourrait lui servir de parachute[5].

– Ma mère ! bougonne Kamo en guise de présentations.

Comme les enfants ouvrent des yeux ronds, il se rend compte de sa gaffe[6].

– Je veux dire Tatiana !

– Qu'est-ce que c'est que ça, Tatiana, comme prénom ? demande Pope en trempant sa tartine dans son chocolat.

– Russe, répond la petite. Grand-mère russe... C'est vrai que tu es bricoleur ? demande-t-elle à Pope.

Il y a un robinet qui fuit à la maison. Tu peux venir le réparer ?

C'est plus un ordre qu'une question.

– Tout à l'heure, répond Pope, la bouche pleine.

– Tout de suite, ou c'est la guerre ! déclare tranquillement Tatiana.

– Alors c'est la guerre !

---

1. **Massives** : larges.
2. **Démarche de marin par gros temps** : démarche décidée, qui balance de droite à gauche (expression imagée), comme sur un bateau pris dans la tempête.
3. Kamo dit qu'il a envie de frapper son ami parce que celui-ci l'a mis dans cette folle situation.
4. **S'empêtre** : s'emmêle.
5. **Qui pourrait lui servir de parachute** : trop grande.
6. Kamo présente une petite fille comme sa mère, ce qui surprend grandement petit Pope et petite Moune.

La tartine de Pope part en sifflant[1], mais Tatiana se baisse et le pain spongieux[2] s'écrase sur la poitrine de Kamo. Tatiana bondit. Déséquilibré par le choc, Pope bascule de sa chaise, son crâne heurte le carrelage de la cuisine. Un hurlement strident[3], continu, incroyablement aigu, sort de la bouche de Moune qui a pourtant l'air calme, assise bien droite sur sa chaise. Kamo n'a pas bronché[4]. La tartine se décolle de son veston[5] et tombe à ses pieds. Je fais un pas pour séparer les enfants, glisse sur la tartine, plonge en avant, me rattrape à la nappe qui me suit, avec le petit déjeuner.

Tatiana va et vient de la cuisine au salon. Elle apporte des cubes de glace que Moune dispose dans une serviette dont elle tamponne à tout petits coups le crâne de Pope. Elle lui murmure qu'il est un héros, qu'il a la plus belle bosse du monde, et que Moune est le Premier Médecin de la Terre[6]. Profitant de l'accalmie[7], je demande à Moune de prêter une de ses robes à Tatiana.

– Une que j'ai dessinée ?

Kamo n'a pas desserré les dents de la journée. Pas un sourire, rien. Il n'est pas venu faire les courses avec moi. Il n'a rien avalé. Il n'a même pas nettoyé son costume. Les enfants, eux, sont tranquillement installés dans leur petit monde, comme s'ils se connaissaient depuis toujours. Il y a

1. **Part en sifflant** : vole dans l'air car elle a été jetée.
2. **Spongieux** : imbibé de liquide comme une éponge. Ici, de chocolat chaud.
3. **Strident** : perçant, qui fait mal à l'oreille.
4. **Bronché** : réagi.
5. **Veston** : veste de costume.
6. **Le Premier Médecin de la Terre** : le meilleur médecin. Expression très valorisante.
7. **Accalmie** : moment de calme provisoire.

encore eu deux ou trois bagarres, et autant de réconciliations. Ils sont ennemis à mort, puis amis jurés.

Je me sens seul…

Longtemps après que j'ai éteint la lumière de notre chambre, j'entends enfin la voix de Kamo.

– On est dans une jolie merde.

Cinq bonnes minutes plus tard, sur le même ton sinistre[1], il demande :

– Tu as une idée ?

Je réponds que non. Et je pense que le problème se compliquera quand l'argent de Pope, de Moune et de Tatiana sera épuisé.

– Moi, si.

C'est comme si mes oreilles se dressaient sur ma tête. J'attends la suite. Je l'attends une éternité. Finalement, Kamo dit :

– C'est Crastaing qui nous y a mis[2], c'est Crastaing qui nous en sortira.

---

1. **Sinistre** : triste et sérieux.
2. **Qui nous y a mis** : qui nous a mis dans cette situation.

Mais où est passé le prof?

Nous avons attendu que les enfants dorment profondément, et nous nous sommes glissés dans la nuit[1].

– La rue de la Folie-Régnault[2], c'est du côté du Père-Lachaise, non?

Kamo a obtenu l'adresse de Crastaing en téléphonant à Ménard, ce matin, avant de venir chez moi.

– Oui, on change à République[3].

Le plafond du métro est trop bas pour moi. Je suis obligé de courber la tête et c'est le premier sourire de Kamo.

– Toi qui avais peur de ne pas grandir…

Puis son sourire se modifie, devient un sourire des yeux, quelque chose qui remonte de très profond, pour l'éclairer de l'intérieur.

---

1. **Glissés dans la nuit**: sortis à la nuit tombée.
2. **Rue de la Folie-Régnault**: l'auteur s'amuse avec le nom d'une rue à Paris, qui peut faire référence au professeur Crastaing: «rue où règne la folie»…
3. **République**: station de métro à Paris.

– Quand je pense qu'avant de mourir mon père m'a confié maman… Il doit bien rigoler, en ce moment.

Le 75 rue de la Folie-Régnault est un très vieil immeuble. Une façade, décrépie[1], une cour intérieure avec pavés luisants[2] dans la nuit bleutée, vélos et poubelles. La minuterie ne fonctionne pas.

– Tant mieux, murmure Kamo. Fond de cour, sixième étage, gauche.

Pendant que nous montons l'escalier sur la pointe de nos grands pieds, une boîte de conserve tinte[3] contre un pavé : miaulements rauques[4], brève bagarre. Puis, de nouveau, le silence. Au sixième, Kamo frappe trois coups secs et discrets à la porte de Crastaing. Rien.

– Monsieur Crastaing ! (Une sorte de murmure impératif[5].)

Puis, plus fort :

– Crastaing !

Dans un appartement voisin, quelqu'un grogne en se retournant ; les ressorts du lit protestent[6].

– Il n'est pas là, souffle Kamo.

Non, il n'est pas là, mais sa porte s'ouvre, simplement parce que je me suis appuyé contre elle. Nous voilà chez lui. Chez lui ! Ma main cherche à allumer, Kamo me retient. D'un seul mouvement, il ôte[7] sa veste et en recouvre une lampe de chevet, posée à même le sol. La lumière, ainsi

1. **Décrépie** : abîmée, qui perd son revêtement.
2. **Luisants** : qui reflètent la lumière, brillants.
3. **Tinte** : résonne.
4. **Rauques** : graves, rudes.
5. **Impératif** : qui ordonne.
6. **Protestent** : grincent sous le poids (personnification).
7. **Ôte** : enlève, retire.

tamisée et rasante[1], nous révèle un minuscule appartement presque vide. Deux pièces, et un seul exemplaire de chaque objet. Oui, une seule table, une chaise seulement. Sur l'unique étagère de la cuisine, une seule assiette, un seul verre…

Dans la chambre à coucher, le lit : une place. Rien d'autre. Les murs sont nus. Pas une photo, nulle part. On pourrait croire l'appartement inhabité si l'on ne trouvait, impeccablement suspendu au portemanteau de la chambre, l'éternel costume de Crastaing, avec sa petite tache violette, et, au pied du portemanteau, son cartable.

– Viens voir.

Kamo a écarté le rideau qui masque la fenêtre. Elle donne sur une cour d'école, ou de couvent[2], quelque chose comme ça. Vue de si haut, cernée[3] par ces murs sombres, on dirait le fond d'une cuve[4]. Au centre de ce puits se dresse la silhouette voilée d'une statue. Une Vierge[5], peut-être. Au fond, la façade immense d'un édifice plus haut que notre immeuble. Les fenêtres y font de grands trous noirs. Tout en bas de cette falaise, à droite de la porte qui donne sur la cour, on distingue vaguement une forme assise, une autre statue, sans doute. Kamo laisse retomber le rideau.

– C'est gai…

J'ai veillé[6] seul. Kamo est retourné auprès des enfants. Je lui téléphonerai si Crastaing arrive. J'ai veillé seul. Je ne me

1. **Tamisée et rasante** : adoucie et qui éclaire le sol.
2. **Couvent** : ensemble de bâtiments qui accueille des religieux.
3. **Cernée** : entourée.
4. **Cuve** : réservoir profond destiné à recueillir des liquides.
5. **Vierge** : Marie, mère de Jésus-Christ, dans la religion chrétienne.
6. **J'ai veillé** : je suis resté éveillé.

suis jamais senti si seul de ma vie. J'ai longuement regardé au fond de la cour. Puis je me suis endormi, et réveillé en sursaut, sans raison. Je me suis mis à marcher, d'une pièce à l'autre, sans fin, pour lutter contre le sommeil. J'ai fini par heurter l'unique table. Sous le choc, elle a glissé d'un bon mètre. Et c'est alors seulement que j'ai vu la corbeille à papiers. Elle était pleine. Je l'ai regardée un moment avant de m'accroupir. Et puis, j'ai déplié la première feuille. C'est presque sans surprise que j'y ai lu le sujet de notre rédaction. Crastaing l'avait recopié de son écriture violette, un peu vieillotte.

Vous vous réveillez un matin, et vous constatez que vous êtes transformé en adulte. Affolé, vous vous précipitez dans la chambre de vos parents: ils sont redevenus des enfants.

Racontez la suite.

Il n'avait rien écrit d'autre, sinon le mot: corrigé. Racontez la suite... J'ai déplié une deuxième feuille, puis une troisième, toujours le sujet, corrigé, et rien d'autre. Alors, je me suis mis à les défroisser toutes comme un fou. Et, finalement, sur une feuille où il n'avait pas recopié le sujet, j'ai lu ça:

Je leur ai posé le sujet. Ah! si je pouvais obtenir un bon devoir, un seul! Si je pouvais sentir une fois seulement, ce que c'est qu'une famille, un père, une mère, des enfants, des tantes, des cousins... J'aimerais tant... une seule fois...

Et sur une autre feuille, d'une écriture toute tremblante :

Je n'y arrive pas, j'essaye mais je n'y arrive pas…

Mon Dieu… Crastaing aussi a essayé !

Quand je me redresse, le jour commence à se lever. Je marche comme un automate[1] jusqu'à la chambre. Et, comme j'ai besoin de vraie lumière, j'ouvre grand le rideau. Ce n'est pas une statue de la Vierge, dans la cour, c'est celle d'un roi : manteau, couronne, sceptre et globe[2]. Et puis, rasant les murs, il y a quatre marronniers que je n'avais pas remarqués tant ils sont faméliques[3]. Le roi pourra faire ce qu'il veut, aucun arbre ne poussera jamais au fond de ce puits. Une cloche tinte[4], aigrelette[5]. Oui, un couvent, peut-être…

Il vaut mieux que je m'en aille. Je sais que ce n'est plus la peine d'attendre. À la seconde où je décide de partir – je me retourne déjà – le coin de mon œil est attiré par un mouvement imperceptible[6] : là-bas, tout au fond de la cour, au pied de la muraille, la porte s'est ouverte. Un vieillard à longue barbe, vêtu d'une blouse grise, apparaît. Il tient quelque chose dans ses mains. Un bol. Oui, un bol. Et il se penche sur la petite statue assise à droite de la porte. Il lui tend le bol. La petite forme ne bronche pas. Alors,

---

1. **Comme un automate** : par réflexe, sans penser, comme un robot.
2. **Sceptre et globe** : symboles de pouvoir du roi, le sceptre représente l'autorité, et le globe montre son ambition de maîtrise de l'espace en découvrant des terres, par exemple.
3. **Faméliques** : ici, fragiles, chétifs, peu développés.
4. **Tinte** : sonne.
5. **Aigrelette** : au son aigu et faible.
6. **Imperceptible** : à peine visible.

le vieillard hausse les épaules et, sans insister, franchit de nouveau la porte qu'il repousse du pied, et qui claque. La petite forme n'a pas bougé. Moi, si. J'ai ouvert la fenêtre et je me suis penché autant que j'ai pu. Ce n'est pas une statue, c'est un enfant. Minuscule, dans une robe de chambre beaucoup trop grande pour lui. Il a le visage levé. Et c'est ma fenêtre qu'il regarde !

Pope, Moune, ne me faites pas ça !

– Tu es sûr de ce que tu dis ?

– Absolument certain. Et ce n'est pas un couvent, c'est un orphelinat[1].

Silence dans le téléphone. Puis Kamo dit enfin :

– J'arrive !

– Je t'attends.

– Inutile, il ne s'envolera pas. Et puis… Une hésitation.

– Quoi ?

– Il vaut mieux que tu reviennes ici, toi. Pope et Moune doivent avoir de la fièvre, je les trouve un peu chauds.

Un peu chauds ? Ils sont bouillants quand j'arrive. Je conseille à Kamo de ramener Tatiana chez lui, puis je fonce dans la salle de bains où je remplis la baignoire d'eau chaude. (« Deux degrés au-dessous de la température du corps »,

1. **Orphelinat** : établissement qui accueille des enfants mineurs sans parents.

disait toujours Moune.) Moune et Pope déshabillés sont aussi brûlants que s'ils sortaient d'un four. À part ça, ils sont dans une forme terrible. Au bout de cinq minutes de bain, c'est l'inondation générale. Puis, l'eau faisant son effet, la fièvre tombe, ils se calment. Je les emmitoufle[1] tous les deux dans une des gigantesques serviettes de Pope, je les frictionne[2], je les recouche. Je fais les mêmes gestes que Moune quand elle me soignait. La même rapidité. La même précision. J'achète des oranges, les coupe, les presse. Ils boivent comme au milieu d'un désert. Enfin, ils s'endorment. Je me laisse tomber dans un fauteuil. Et je le revois. Ce visage si maigre flottant[3] dans cette robe de chambre immense. Comme il la regardait, sa fenêtre ! Et moi, tout là-haut, le fixant, la moitié du corps hors de l'immeuble. Et lui, tassé[4] sur lui-même, à côté de cette porte close. Tout à coup, ce fut comme si j'avais été tout près de lui[5], à le toucher. Et je l'ai bien retrouvé alors, oui, tel que je l'avais toujours vu. Cette tristesse sans âge d'enfant vieux. Son bras droit est retombé, comme lorsqu'il lâchait nos copies. J'ai vu la boule de chagrin monter dans sa gorge et exploser silencieusement[6], au fond de ce puits, devant cette statue de roi.

La petite voix flûtée de Moune me tire de ma rêverie.

– Oui, Moune ?

1. **Emmitoufle** : entoure, enroule.
2. **Frictionne** : frotte.
3. **Flottant** : perdu, si petit.
4. **Tassé** : recroquevillé.
5. **Ce fut comme [...] tout près de lui** : le narrateur éprouve une grande sympathie pour ce petit garçon si triste (Crastaing). Il a envie de l'aider.
6. **La boule de chagrin [...] silencieusement** : petit Crastaing pleure.

Mais ce n'est pas à moi qu'elle parle. Elle est assise, bien droite, elle regarde fixement le mur, et elle parle seule.

– Moune !

Son front est si chaud que je retire ma main, comme si je m'étais brûlé. Pope a les yeux fermés, les lèvres et les paupières violettes.

– Pope !

J'ai lutté toute la journée contre la fièvre. Je l'ai repoussée dix fois, mais elle est revenue, toujours plus forte, comme un ennemi invisible, toujours mieux armée, toujours plus puissante, attaquant de tous les côtés à la fois. Quand elle quittait le champ de bataille, elle laissait Pope et Moune trempés d'une sueur glacée[1], claquant des dents, transis[2]. Puis elle chargeait[3] de nouveau, et c'étaient des frissons, des secousses qui les tendaient comme des arcs[4], de longs délires[5] aux yeux fous…

Compresses, bains, frictions, citronnades au miel, aspirine, tisanes[6], je me suis battu jusqu'au milieu de la nuit. Jusqu'au moment où j'ai compris que j'allais perdre, que cette fièvre fuyante, puis fougueuse[7] comme une marée en feu, allait emporter avec elle tout ce que j'avais au monde : mes parents, mes parents et mes enfants ! Tout ! Et je resterais seul… définitivement seul devant la mort.

1. **Sueur glacée** : sueur refroidie qui donne froid au malade.
2. **Transis** : engourdis par le froid.
3. **Chargeait** : attaquait, comme le font les militaires quand ils courent ensemble pour gagner la bataille.
4. **Qui les tendaient comme des arcs** : qui crispaient leurs muscles, comme le fait une crampe.
5. **Délires** : visions angoissantes, cauchemars avec les yeux ouverts.
6. **Compresses, bains [...] tisanes** : le narrateur essaie tout pour faire baisser la fièvre en appliquant des linges froids, en les baignant, en leur donnant des médicaments et en les faisant boire.
7. **Fougueuse** : pleine d'énergie.

– Pope, Moune, vous n'allez pas me faire ça?

Alors, je me suis jeté sur l'annuaire téléphonique[1]. Grappe! Grappe! Docteur Grappe! G... Gr... Grappe! Rue des Wallons!

D'abord, il ne comprend pas très bien, puis il dit:

– Ah! c'est toi? Qu'est-ce qui ne va pas?

Sans réfléchir, je dis:

– Mes parents.

Je n'ai pas le temps d'expliquer:

– Vite, docteur! Vite! Vite!

Il ne s'énerve pas. Il me fait décrire les symptômes. Il me demande depuis combien de temps.

– Ce matin.

Il dit «bon». Qu'il arrivera «dans une petite heure», et de ne pas m'affoler surtout, de maintenir Pope et Moune au chaud, même s'ils suent à grosses gouttes[2].

– C'est tout?

– C'est tout.

Sur quoi, il raccroche. Dans ma main, le téléphone est lourd, froid et raide comme un poisson mort.

Tellement mort qu'après l'avoir raccroché à mon tour je saute jusqu'au plafond en l'entendant sonner. Je le regarde comme un revenant[3] et le laisse criailler[4] cinq ou six fois avant d'avoir le courage de décrocher.

---

1. **Annuaire téléphonique**: recueil, mis à jour chaque année, contenant les numéros de téléphone des particuliers et des entreprises, avant Internet.
2. **Suent à grosses gouttes**: transpirent abondamment.
3. **Revenant**: fantôme.
4. **Criailler**: sonner de manière désagréable.

Arrêt sur lecture 2

Un quiz pour commencer

Cochez les bonnes réponses.

1 *Pour quelle raison les élèves s'absentent-ils de la classe ?*

- ❐ Les élèves sont en voyage scolaire.
- ❐ Les élèves souffrent d'une intoxication alimentaire.
- ❐ Les élèves sont atteints de « crastaingite aiguë ».

2 *Quel phénomène étonnant découvre le narrateur en se levant ?*

- ❐ Il s'est transformé en adulte et ses parents en enfants.
- ❐ Il est capable de lire dans les pensées des autres.
- ❐ Il est devenu invisible.

3 *Comment le narrateur réagit-il à son réveil ?*

- ❐ Il se couche et attend que tout redevienne normal.
- ❐ Il assume tout ce qu'il doit faire.
- ❐ Il décide d'informer Kamo de ce qui lui est arrivé.

4 *Que décide de faire Kamo pour arranger la situation ?*

- ❐ Préparer une potion magique pour Crastaing.
- ❐ Aller chez Crastaing.
- ❐ Lancer par la fenêtre des SOS sur des avions en papier.

5 *Crastaing a rencontré la même difficulté que ses élèves, laquelle ?*

- ❐ Il ne parvient pas à écrire vite.
- ❐ Il a un cartable trop lourd pour lui.
- ❐ Il n'arrive pas à rédiger sa rédaction.

6 *Qu'arrive-t-il alors à Crastaing ?*

- ❐ Il est redevenu un enfant.
- ❐ Il reste immobile sur sa chaise.
- ❐ Il s'est abîmé le dos.

7 *Qu'apprend le narrateur au sujet de son professeur ?*

- ❐ Le professeur est malade.
- ❐ Le professeur est triste.
- ❐ Le professeur ne l'aime pas.

8 *Pourquoi le narrateur s'inquiète-t-il pour ses parents ?*

- ❐ Ils refusent de lui parler.
- ❐ Ils ont disparu.
- ❐ Ils sont atteints par une forte fièvre.

Des questions pour aller plus loin

→ *Analyser les étapes du récit*

Une étrange épidémie

1 **Langue** Le médecin qui interroge le narrateur diagnostique une « crastaingite aiguë » générale. Selon vous, pourquoi donne-t-il à cette épidémie le nom du professeur de français ? Pour répondre, aidez-vous de la note 5, page 39.

2 Les efforts du narrateur pour rédiger sa rédaction sont à l'origine de sa transformation et de celle de ses parents. Relisez les pages 40 à 42 pour retrouver les citations qui le prouvent. À la lecture de vos réponses dans la colonne de droite, que remarquez-vous ?

Efforts du narrateur pour rédiger sa rédaction	Symptômes que cela entraîne
______________________	______________________
______________________	______________________
______________________	______________________

3 En entrant dans la chambre de ses parents, le narrateur a un nouveau choc : lequel ? Reliez chaque citation suivante au parent qu'elle désigne.

 •

 •

- « une tête ronde et bouclée »
- « Ses yeux noirs étincelants »
- « Elle gigote comme un poisson »
- « Il y a des éclats roux dans ses cheveux blonds »
- « La petite tête sérieuse reprend la parole »
- « une voix flûtée, pleine de rires »

Le monde à l'envers

4 En quoi « petit Pope » et « petite Moune » sont-ils semblables à ce qu'ils seront adultes ? Donnez trois exemples pour justifier votre réponse en vous aidant des pages 48 à 50.

5 Le narrateur s'efforce de jouer le rôle d'un adulte. Pour le montrer, complétez le schéma ci-dessous, à l'aide des pages 48 à 50. Pourquoi n'est-ce pas si facile ?

Phrase d'encouragement aux enfants :

____

____

____

____

« Ménage, courses, cuisine, vaisselle, mine de rien, j'ai fait tout ce qu'il fallait. » (l. 46-47, p. 49)

Phrase de bilan de la journée :

____

____

6 **a.** Dans le dernier paragraphe de la page 50, le narrateur s'inquiète pour plusieurs raisons, mais une le torture particulièrement, laquelle ?

b. Pourquoi n'a-t-on pas d'ordinaire ce genre de pensées quand on est enfant ?

Les secrets de Crastaing

7 Kamo et le narrateur pénètrent dans l'appartement de Crastaing (p. 56-57). Reliez chaque élément décrit avec ce que cela révèle de la vie du professeur.

Élément décrit	Ce que cela révèle
« Sur l'unique étagère de la cuisine, une seule assiette, un seul verre… » (l. 41-42, p. 57)	Pas de souvenir, pas d'ami.
« Pas une photo, nulle part. » (l. 44, p. 57)	Une grande solitude.
« l'éternel costume de Crastaing, avec sa petite tache violette. » (l. 46-47, p. 57)	Pas d'autres occupations que son métier.
« au pied du portemanteau, son cartable. » (l. 47-48, p. 57)	Pas de fantaisie, pas de soin de son apparence.

8 À votre avis, pourquoi le narrateur a-t-il l'idée de regarder dans la corbeille à papiers ? En quoi le message qu'il découvre aux pages 58 et 59 est-il important ?

9 Qui est l'enfant dans la cour « dans une robe de chambre beaucoup trop grande pour lui » (l. 116-117, p. 60) ? Pourquoi se retrouve-t-il dans cette situation ?

Zoom sur la lutte et les réflexions du narrateur (l. 11, p. 61 à l. 81, p. 64)

10 Relevez deux phrases qui montrent que le narrateur reproduit l'éducation qu'il a reçue de sa mère.

11 Pourquoi pense-t-il soudain à la tristesse de « petit Crastaing » ? Quels sont alors les sentiments du narrateur ?

12 Relevez à la page 63 le champ lexical de la guerre. Qu'est-ce qui est ainsi décrit ? Quel est l'effet produit ?

13 Quelle angoisse empêche le narrateur de dormir ? Est-ce étonnant ? Relevez, à la fin de la page 64, une comparaison qui traduit son angoisse.

✔ *Rappelez-vous !*

• Dans **un récit d'aventures**, le héros se trouve confronté à **des épreuves qui mettent au défi ses capacités d'adaptation et son courage**. Il doit faire preuve d'aptitudes nouvelles et affronter le danger. Il est également nécessaire qu'il ait des **alliés** pour réussir.

• Dans le roman de Daniel Pennac, **le narrateur découvre qu'il s'est transformé en adulte dans la nuit et que ses parents sont redevenus enfants.** Il cherche immédiatement à protéger Moune et Pope, ses parents, et à assumer **ses nouvelles responsabilités.** Son ami Kamo va l'aider à ne pas se décourager.

De la lecture à l'expression orale et écrite

Des mots pour mieux s'exprimer

1 ***Complétez le texte à trous à l'aide des expressions suivantes.***

À tour de rôle | Avoir le rôle-titre | Enrôler

Jouer un grand rôle | Jeu de rôles | Avoir le beau rôle

a. Kamo et le narrateur gardent les « enfants » _____________.
b. La crastaingite est une épidémie étrange et ils n'ont pas choisi de participer à ce _____________.
c. Pour écrire sa rédaction, notre héros aimerait bien _____________ son père ou sa mère. Il aurait voulu que son professeur apprécie son récit et, s'il l'avait lu devant la classe, le narrateur aurait eu _____________. Cependant, ce n'est jamais lui qui joue le _____________ dans cet exercice : le professeur croit qu'il raconte des mensonges.
d. Curieusement, la corbeille à papiers de Crastaing a _____________ dans la compréhension de son caractère.

2 ***Reliez chaque expression comprenant le mot secret avec sa signification. Vous pouvez vous aider d'un dictionnaire.***

Le secret professionnel •	• Secret qui permet la réussite.
Faire un secret de tout •	• Tout dire à quelqu'un.
Un secret de Polichinelle •	• Un faux secret, connu de tous.
Un secret de fabrication •	• Aimer les cachotteries.
Ne pas avoir de secret pour quelqu'un •	• Interdiction de divulguer des informations.
Sous le sceau du secret •	• Qui est dit à condition d'une discrétion absolue.

La parole est à vous

3 ***Crastaing souffre de sa solitude. Pourtant, n'est-ce pas agréable d'être parfois seul(e) ? Qu'en pensez-vous ?***

Consignes. Faites des groupes de trois élèves. Individuellement, vous prendrez dix minutes pour réfléchir à vos idées, puis, durant trois minutes, vous présenterez les aspects positifs et négatifs de la solitude aux autres membres du groupe.

4 ***Votre collège est atteint par une autre étrange épidémie : tout le monde a été pétrifié, sauf votre ami(e) et vous ! Que décidez-vous de faire ?***

Consignes. Prenez sept minutes pour réfléchir à cinq actions qui vous plairaient. Présentez-les ensuite à la classe en employant les connecteurs suivants : « d'abord », « ensuite », « puis », « de plus » et « enfin ».

À vous d'écrire

5 ***Si vous pouviez être quelqu'un d'autre pendant vingt-quatre heures, qui choisiriez-vous d'être ?***

Consignes. Votre récit, d'une vingtaine de lignes, présentera la personne ou le personnage que vous avez choisi(e). Vous raconterez ce que vous ferez pendant ces vingt-quatre heures et terminerez par un paragraphe de conclusion avec vos réflexions à la suite de cette expérience déroutante.

6 ***Tous les secrets sont-ils bons à garder ?***

Consignes. Votre réflexion, d'une quinzaine de lignes, évoquera d'abord les secrets qui peuvent faire souffrir. Enfin, vous présenterez d'autres types de secrets qu'il est plaisant de conserver ou important de divulguer.

Du texte à l'image

Histoire des arts

• *Harry Potter à l'école des sorciers*, film de Chris Columbus avec Daniel Radcliffe (Harry Potter), Emma Watson (Hermione Granger) et Ruppert Grint (Ron Weasley), 2001.
• *Le Petit Nicolas*, film de Laurent Tirard, 2009.
• *La Guerre des boutons*, film de Yann Samuell, 2011.

➡ **Images reproduites en fin d'ouvrage, au verso de la couverture.**

Lire l'image

1 Observez l'image de *Harry Potter à l'école des sorciers*. Quels détails montrent qu'il s'agit d'élèves ? Pourquoi peut-on dire qu'ils sont amis ?

2 Dans le photogramme du film de Yann Samuell *La Guerre des boutons* (2011), décrivez les personnages en quelques mots. Selon vous, que font-ils ? Pourquoi se sentent-ils si forts ?

3 Quels détails, dans le photogramme du *Petit Nicolas*, vous permettent de comprendre qu'il ne s'agit pas d'une scène d'école actuelle ? Quelle relation les élèves semblent-ils avoir ?

Comparer le texte et l'image

4 De quels personnages du roman peut-on rapprocher les deux garçons du film *Harry Potter* ? Justifiez votre réponse.

5 Le photogramme du film de Yann Samuell montre des enfants et adolescents unis. À quel(s) moment(s) du roman trouve-t-on cette même solidarité ?

6 Les enfants du film *Le Petit Nicolas* semblent prêts à tout lorsqu'ils sont ensemble. Dans le roman *Kamo et moi*, quand voit-on les deux héros s'entraider ?

À vous de créer

7 La corbeille à papiers de Crastaing révèle son secret !

L'artiste Arman (1928-2005) est un peintre, sculpteur et plasticien qui est célèbre pour ses accumulations. Il pense également que ce que nous jetons nous ressemble. C'est pourquoi il a fait des portraits-robots de ses amis avec des objets qui leur ont appartenu. Le premier est celui d'Yves Klein, créé en 1960 : **https://deuxieme-temps.com/2016/11/08/arman-portrait-robot-yves-klein/**

Vous pouvez en voir d'autres en allant sur Internet et en recherchant « Arman, portrait-robot ».

Maintenant, c'est à votre tour de créer votre portrait-robot, à la manière d'Arman.

– Choisissez un couvercle de boîte en carton.

– Prenez des objets que vous utilisez souvent et qui sont révélateurs de votre personnalité. Installez-les dans votre boîte. Il ne faut pas qu'ils soient trop bien rangés, mais on doit pouvoir les voir distinctement.

– Lorsque vous êtes satisfait(e), prenez votre boîte en photo et mettez-la sur un document informatique que vous imprimerez.

– Vous présenterez à la classe votre portrait et justifierez vos choix d'objet en fonction de vos traits de personnalité.

Histoires de famille

– Allô, c'est toi ? Qu'est-ce que tu foutais, nom d'un chien ?

Kamo… Je l'avais complètement oublié, celui-là !

– Tu avais raison, expliqua-t-il, c'était bien Crastaing, au fond de la cour ! Crastaing enfant. Exactement le même mais qui aurait rétréci au lavage. Je l'ai pris par la peau du cou et je l'ai remonté chez lui en quatrième vitesse !

– Kamo… Comment va Tatiana ?

– Beaucoup mieux, merci, mais la santé des mômes[1], c'est le cadet de mes soucis[2] en ce moment !

– Qu'est-ce que tu dis ?

– Je dis qu'il n'y a pas de mouron[3] à se faire de ce côté-là, les gosses, c'est du solide ! Et si Tatiana ou tes parents avaient dû mourir enfants, nous ne serions pas là à parler au téléphone, réfléchis une seconde !

---

1. **Mômes** : enfants (familier).
2. **Le cadet de mes soucis** : le plus petit de mes soucis, sans importance pour l'instant.
3. **Mouron** : ici, tracas, souci.

Il a raison. Il a raison ! Mais il a raison, bon Dieu ! Pope, Tatiana et Moune ne peuvent pas mourir, puisqu'ils ont encore à nous mettre au monde !

– Bon, ça y est ? On peut parler sérieusement, maintenant ?

– Parle, Kamo, parle, parle autant que tu voudras, je t'écoute !

– Alors, malgré ses hurlements, j'ai bouclé Tatiana à double tour et j'ai foncé chez Crastaing. Tu avais raison, c'était bien lui, assis à côté de la porte, dans la cour de cet orphelinat Saint-Louis. Les caves de son immeuble donnent sur cette cour. Je suis passé par un soupirail[1] et je l'ai enlevé[2]. Pas pour réclamer une rançon[3], tu penses bien... Je ne vois pas qui paierait un centime pour récupérer un Crastaing !

Non, l'idée de Kamo était bien meilleure. L'idée de Kamo était une idée à la Kamo. Une idée de génie. Une « idée du siècle », comme il disait lui-même chaque fois qu'il en trouvait une nouvelle, ce qui lui arrivait dix fois par jour depuis que nous nous connaissions.

Kamo beuglait[4] dans le téléphone à présent :

– Puisqu'il a commencé à la faire, cette rédac, le Crastaing, il va la finir, c'est moi qui te le dis ! Et quand il l'aura finie je te fous mon billet[5] que tout redeviendra comme avant : les profs dans leur rôle de profs, les élèves dans leur rôle d'élèves, les parents en parents et les mouflets[6] en mouflets, Crastaing toujours aussi cinglé et Lanthier

1. **Soupirail** : petite ouverture servant à donner de la lumière à un sous-sol.
2. **Enlevé** : kidnappé.
3. **Rançon** : somme d'argent exigée pour rendre une personne retenue de force.
4. **Beuglait** : criait.
5. **Je te fous mon billet** : je te parie (familier).
6. **Mouflets** : jeunes enfants (familier).

toujours aussi con ! Assez rigolé comme ça ! Il va nous faire un beau devoir, le Crastaing, et demain on se réveillera dans notre lit d'enfance, je te le jure sur la tête des parents…

je veux dire sur la tête des enfants… non, sur notre propre tête… sur ta tête à toi, quoi !

– Mais il n'arrive pas à la faire ! Tu as lu ses brouillons ?

– Il y arrivera ! À grands coups de pompes dans le train[1] s'il le faut ! D'ailleurs, je vais l'aider. Je m'y connais en histoires de famille ! Depuis la mort de papa je n'entends que ça, des histoires de famille ! Comme si Tatiana avait peur que je sois privé de famille… J'en entends tous les jours, des histoires de famille ! Des histoires de la famille russe de Tatiana, bouffée[2] par l'Histoire et ses révolutions[3], des histoires de sa famille à lui, mon père, des histoires de la famille que nous formions avant qu'il meure, des histoires de la famille que nous aurions formée s'il avait vécu, des histoires de notre famille à deux sans lui. C'est pour ne pas remuer tout ce chagrin[4] que je ne voulais pas faire sa foutue rédac, à Crastaing ! Eh bien, puisqu'il y tient tant, on va le remuer ensemble, le grand chagrin familial ! Je vais le gaver[5] de frères, de sœurs, de cousins, d'arrière-petites-nièces[6], de grands-pères et de bisaïeuls[7], je vais le goinfrer[8] d'aînés,

---

1. **À grands coups de pompes dans le train** : à grands coups de pied dans le derrière (expression).
2. **Bouffée** : réduite, malmenée.
3. **Révolutions** : révoltes du peuple qui désire changer les choses.
4. Kamo ne voulait pas parler de sa famille car il souffre de la perte de son père.
5. **Gaver** : nourrir en excès.
6. **Arrière-petites-nièces** : petites-filles d'un neveu ou d'une nièce.
7. **Bisaïeuls** : arrière-grands-pères ou arrière-grands-mères.
8. **Goinfrer** : nourrir avec excès.

de cadettes[1], de puînés et de mort-nés[2], je vais lui faire avaler des kilomètres de généalogie[3], le gorger[4] de beaux mariages, de mésalliances[5], d'héritages, de descendances[6] et de dynasties[7], il faudra qu'il assiste à toutes les noces[8], à tous les baptêmes, à tous les enterrements, sans oublier les anniversaires, les fêtes, le jubilé[9] de tante Ursule et d'oncle Alexandre, qu'il se tape les soirées-télé, les dimanches à la campagne et les vacances entre nous, qu'il écoute toutes ces histoires de famille, là, cloué sur sa chaise, entre le fromage et le dessert : comment Armand, le mari de Gisèle, a fait une belle carrière dans la nouille, et combien a coûté le beau mariage de Frédéric, mais quelle déception, le divorce de Jean-François… une indigestion permanente de famille, voilà ce que je vais lui flanquer à Crastaing ! J'y ajouterai en prime[10] notre histoire à nous ! Toi et moi dans le rôle des pères célibataires, Pope et Tatiana dans celui des tartineurs enragés[11] et Moune, ta mère, en infirmière de la Grande Guerre[12] ! Et s'il en veut encore, je lui inventerai une suite, jusqu'à l'an de grâce[13] 3625 !

---

1. **Cadettes** : filles nées après un autre enfant.
2. **De puînés et de mort-nés** : le puîné est né après un frère ou une sœur. L'enfant mort-né est décédé à sa naissance.
3. **Généalogie** : liste des membres d'une même famille, sur plusieurs générations.
4. **Gorger** : remplir avec excès.
5. **Mésalliances** : mariages critiqués car contractés avec une personne d'un niveau inférieur ou sans fortune.
6. **Descendances** : personnes qui naissent après soi.
7. **Dynasties** : suite de souverains ou suite de personnes célèbres d'une même famille.
8. **Noces** : mariages.
9. **Jubilé** : fête célébrant les cinquante ans de mariage de deux personnes.
10. **En prime** : en cadeau supplémentaire.
11. **Tartineurs enragés** : qui se font fréquemment des tartines avec enthousiasme.
12. **La Grande Guerre** : cette expression désigne la Première Guerre mondiale (1914-1918).
13. **An de grâce** : manière de compter les années autrefois, dans les documents officiels, à partir de la naissance de Jésus-Christ.

– Vous avez commencé à travailler ?

– Pas encore. Il ne peut pas mettre un pied devant l'autre[1] pour l'instant. Apparemment, il n'avait pas mangé depuis deux ou trois jours quand je l'ai repêché[2]. Il était affamé et gelé, emmitouflé dans une espèce de robe de chambre toute mitée[3], beaucoup trop grande pour lui. Alors je l'ai mis au lit sous une douzaine d'édredons[4] et je le retape au steak tartare[5] et au jus de tomate. Il n'aime pas trop la viande crue, mais je ne suis pas d'humeur à discuter. Un gosse dans son état, ça a besoin de sang frais, de jus de légume, de lait chaud et de sommeil. Il dort, en ce moment. On va s'y mettre dès qu'il se réveillera. D'ailleurs, il se réveille, il faut que je te quitte. Allez, à la revoyure[6]. Te fais pas de bile[7], on tient le bon bout !

Clac.

Silence.

Silence tonitruant[8], comme toujours après un discours de Kamo. Tous ces mots qui continuent à exploser dans votre tête, comme un feu d'artifice qui n'en finit plus de finir…

Seulement, même rempli d'échos, le silence, qu'on le veuille ou non, ça finit toujours par devenir du silence.

Et celui qui régnait maintenant autour de moi était si profond qu'il me fallut plusieurs secondes pour trouver le courage de tourner la tête vers Pope et Moune.

---

1. **Ne peut pas mettre un pied devant l'autre** : est très faible.
2. **Repêché** : ici, récupéré en mauvais état.
3. **Mitée** : avec des trous causés par des insectes appelés « mites ».
4. **Édredons** : couvertures épaisses et moelleuses.
5. **Je le retape au steak tartare** : je lui redonne des forces avec de la viande crue.
6. **À la revoyure** : à bientôt (familier).
7. **Te fais pas de bile** : ne t'inquiète pas (familier).
8. **Silence tonitruant** : silence plein d'échos dans la tête du narrateur (oxymore).

La peau bistre[1] et les paupières violettes, allongés l'un à côté de l'autre sans que leurs mains se touchent, ils semblaient posés sur leur lit comme sur un radeau à la dérive[2]. Leurs poitrines ne bougeaient pas, leurs lèvres étaient mi-closes[3] sur l'éclat de leurs dents, et je compris soudain que rien ne pourrait plus jamais les réveiller. Ils n'avaient pas conscience du courant qui les entraînait, du fleuve immense qui emportait leur lit et qui s'amenuisait[4] en accélérant… ils glissaient à toute allure vers ce puits qui allait les engloutir, ils y tournoyaient[5] peut-être déjà – eux, leur grand lit et tout notre bonheur –, un lent tournoiement dans un puits si profond que le soleil lui-même s'y éteint[6]. Oh ! Kamo, tu te trompes, les parents sont mortels ! Grands ou petits, ça ne change rien à l'affaire. Dès qu'ils nous ont faits ils peuvent se défaire[7]…

– Pope, Moune, arrêtez ! on ne meurt plus de maladie infantile[8] de nos jours ! et puis vous n'êtes pas des enfants, bon Dieu ! vous n'êtes plus des enfants ! c'est moi, l'enfant ! c'est à moi d'être malade ! Ne me volez pas mon rôle ! Allez, on arrête de jouer. Je plonge et vous remontez, d'accord ? Pope ! Moune ! Soyez sympa, laissez-moi votre place, chacun son tour !

---

1. **Bistre** : avec des nuances jaunes.
2. **À la dérive** : sans direction, au gré du courant.
3. **Mi-closes** : à moitié fermées.
4. **S'amenuisait** : devenait plus petit.
5. **Tournoyaient** : tournaient en rond, comme pris dans un tourbillon.
6. **Un puits si profond que le soleil lui-même s'y éteint** : la mort (métaphore).
7. **Se défaire** : ici, mourir.
8. **Maladie infantile** : maladie attrapée par les enfants.

Je me battais depuis trop longtemps… je n'avais ni mangé ni dormi depuis trois jours… j'avais perdu tout espoir de ramener Pope et Moune à la surface… le docteur Grappe n'arriverait pas à temps… alors j'ai lâché prise[1]… je me suis endormi… ou plutôt non, je me suis laissé tomber dans le sommeil… j'ai sauté à mon tour dans le puits… j'ai noyé la lumière du jour…

1. **J'ai lâché prise** : j'ai cessé de me battre.

Sauvés !

C'est en tourbillonnant[1] que je me suis réveillé. Je me suis réveillé comme on change d'avis, comme on remonte du fond d'un puits, attiré par le disque lumineux de la surface[2]. Je me disais : « Tu es au fond du puits et là-haut il y a le ciel. Monte ! Monte ! Monte encore ! Encore ! » Mais le disque de lumière semblait inaccessible. J'étouffais en remontant, j'étouffais… De moins en moins d'air… des grappes de bulles éblouissantes filaient à toute allure le long des parois luisantes… Elles vont plus vite que toi… tu seras noyé avant d'atteindre la lumière, noyé-mort et tu retourneras au fond, où tout est si noir… si noir et si froid… Je battais des bras et des pieds, je donnais des coups de reins[3], je nageais comme un homme et comme un dauphin… rattraper les bulles… les dépasser… atteindre la surface

1. **Tourbillonnant** : ici, dans une sorte de vertige, de conscience floue.
2. **Le disque lumineux de la surface** : ici, la lumière (métaphore).
3. **Coups de reins** : sorte de ruades, mouvements incontrôlés.

avant elles… oui… encore un effort… et j'ai enfin crevé le papier de lumière… j'ai jailli[1] à l'air libre, ruisselant et les poumons en feu. Le soleil m'a saisi en plein vol, ses rayons m'ont cloué contre terre, et je suis resté là, ébloui et palpitant[2] comme un papillon sauvé par l'épuisette[3].

Un papillon sauvé par l'épuisette… C'est exactement ça…

Je pesais mon poids énorme de papillon mouillé[4]. Beaucoup trop lourd pour bouger la moindre antenne et beaucoup trop ébloui pour comprendre les paroles qui éclataient dans la lumière autour de moi…

– Non, je ne crois pas, non…

– Il l'a déjà eue…

– La rougeole aussi, oui.

– Et les oreillons[5], l'année dernière.

– Tu es sûre ? Ce n'était pas l'année d'avant ?

– J'ai d'abord cru à une angine…

– Sur le coup, on ne s'est pas trop inquiétés…

– Mais la fièvre est montée si haut…

– Malgré les bains…

– Deux degrés au-dessous de sa température, oui…

– Ce sont les spasmes qui nous ont effrayés.

– On aurait dit qu'il se noyait…

– Nous avons craint les convulsions[6].

– Surtout quand il a commencé à délirer.

---

1. **Jailli** : réveillé brutalement comme s'il sortait d'un coup de l'eau.
2. **Ébloui et palpitant** : aveuglé par la lumière et le cœur battant vite.
3. **Épuisette** : filet attaché à un manche, servant à sortir des poissons de l'eau.
4. **Poids énorme de papillon mouillé** : le narrateur veut traduire des impressions contraires : la pesanteur due à la fièvre et le sentiment de fragilité.
5. La rougeole et les oreillons sont des maladies infantiles.
6. Les spasmes et les convulsions sont des mouvements incontrôlés provoqués par la forte fièvre.

– La circulaire[1] ?
– Quelle circulaire ?
– À propos de la méningite[2]...
– Une épidémie ?
– Tu as trouvé une circulaire dans le courrier, toi ?
– Suspicion[3] de méningite, suspicion seulement...
– Les trois quarts de sa classe ?
– Il y a plusieurs variétés de méningite ?

Ce n'était pas le soleil, ce disque de lumière, c'était l'ampoule de la petite lampe avec laquelle le docteur Grappe fouillait mon œil comme on cherche un secret au fond d'un puits.

De chaque côté du docteur, Pope, mon père, et Moune, ma mère, adultes comme jamais, semblaient eux aussi très curieux de savoir ce que le docteur allait sortir du puits. Anxieux, même... Le docteur parlait sans s'émouvoir[4] :

– En fait, c'est autre chose... les autres classes n'ont pas été touchées... On pourrait appeler ça une crastaingite, si vous voulez... une crastaingite aiguë, même...

Pope semblait plus grand que jamais. Quand mon œil a quitté le disque de lumière pour se poser sur lui, il a juste dit :

– Salut, toi ! Tu reviens de loin[5], on dirait...

Moune a demandé :

– Ça va, mon chéri ?

---

1. **Circulaire** : texte imprimé en nombreux exemplaires pour être lu par beaucoup de personnes.
2. **Méningite** : maladie grave qui touche les méninges, membranes qui entourent le cerveau et la moelle épinière.
3. **Suspicion** : soupçon, crainte.
4. **Sans s'émouvoir** : sans montrer d'émotion.
5. **Tu reviens de loin** : tu as échappé à un grand danger.

Le cliquetis[1] des appareils que range le docteur : la lampe, le stéthoscope, le tensiomètre[2]... clic, clac, les serrures de sa trousse.

Le souffle chaud des couvertures qu'on rabat.

– Rien de sérieux.

Le rire grognon du docteur Grappe :

– C'est solide ces petites bêtes, on ne s'en débarrasse pas comme ça...

Il ajoute :

– Je vais vous faire une ordonnance. Pour l'instant, il a surtout besoin de sommeil. Il sera sur pied[3] lundi.

Les petits pas qui sortent.

La lumière qu'on éteint.

Pope, Moune, adultes, solides, et moi enfant.

Sauvé.

Tous sauvés.

C'est ce que je me suis dit en m'endormant.

Un sommeil sans rêve, cette fois.

---

1. **Cliquetis** : bruit léger.
2. Le stéthoscope, le tensiomètre sont des instruments du médecin pour écouter les battements du cœur et prendre la tension.
3. **Il sera sur pied** : il ira bien mieux.

Crastaingite

Et de nouveau le réveil. Mais sous la main fraîche de Moune, cette fois, et sous le regard chaud de Pope. Un regard tellement heureux, tellement confiant, que mes joues ont pris feu tout à coup !

La rédac !

Avec tout ça, je n'ai pas tenu ma promesse ! Je n'ai pas fait la rédac !

À quoi Pope a répondu, avant même que j'aie dit un mot:

– Ne t'affole pas pour ta rédaction, la question est réglée. On ne peut pas écrire et mourir en même temps… Toi, tu as choisi de mourir…

– Pope, ce n'est pas drôle !

Moune, ma mère, gronde. Moune n'apprécie pas toujours les plaisanteries un peu carrées[1] de Pope. Mais je suis

1. **Plaisanteries un peu carrées**: blagues brutales, un peu choquantes, mais qui restent gentilles.

heureux. Pope pourrait plaisanter plus carrément encore, ce ne serait que du bonheur en plus.

– Je suis malade depuis combien de temps ?

– Le temps de ne pas faire ta rédac. C'est ça, la crastaingite ! C'est une maladie bien réglée.

– Pope, arrête !

Le sourire de Moune. Le tintement si vivant de la petite cuiller qu'elle tourne dans un bol.

– Et Kamo ?

– Crastaingite aussi. Crastaingite pareille. Crastaingite pour tout le monde. Même pour Crastaing, à ce qu'il paraît. Crastaingite pour Crastaing aussi.

– Tiens, bois, c'est chaud.

La main de Moune qui soulève ma nuque, mes cheveux dans ses doigts, frisés par la sueur, la chaleur du lait au miel…

– C'est bon ?

Si c'est bon ? C'est le bonheur en personne qui se glisse dans mon corps et qui s'étire jusqu'au bout de mes orteils.

– Je me demande pourquoi les meilleures choses vont toujours aux feignants…

Sourire de Moune :

– Tu veux qu'on t'oblige à t'envoyer[1] un bon litre de lait, Pope ?

Moue dégoûtée de Pope qui a toujours détesté le lait. (« Ah ! si seulement les vaches produisaient du café ! Tous ces percolateurs[2] en liberté dans les champs ! »)

Et de nouveau ma tête sur le traversin. Ma tête qui pèse quinze tonnes.

---

1. **T'envoyer** : avaler (familier).
2. **Percolateurs** : cafetières.

– Un peu de glace sur ton front, dans un gant de toilette, tu veux ?

Moune a déjà quitté ma chambre. La porte du frigo s'ouvre dans la cuisine. Tapotement d'un bac à glace contre le bord de l'évier…

– Pope ?

– Oui, mon grand…

– Je peux te poser une question ?

– Tu me connais, je ferai comme si j'avais la réponse.

– Pope ?

– Je suis toujours là.

– Pope… qu'est-ce qu'il te raconte, Crastaing, quand tu vas le voir ?

– Ah…

Silence.

– Et pourquoi ça te rend tellement malade, toi aussi ?

Long silence pendant lequel Moune revient avec son gant et sa glace.

– Donne.

La main de Pope posant doucement le gant de toilette sur mon front… Moune qui sort pour renouveler la provision d'oranges… la porte de l'appartement qui claque… mon front qui flotte dans l'Antarctique[1]… le visage de Pope, tout près du mien.

– Ça te fait du bien ?

– S'il te plaît, Pope, réponds-moi.

Il respire profondément. Il gonfle sa poitrine. Il va se jeter à l'eau. Ça y est, il plonge :

---

1. **Qui flotte dans l'Antarctique** : qui est fortement refroidi par le gant de toilette garni de glaçons. L'Antarctique est le continent le plus froid du globe terrestre.

– Eh bien, ton Crastaing me raconte son enfance. Son enfance d'orphelin pendant la guerre, la dernière, l'affreuse, celle où la terre entière étripait[1] la terre entière… Tu imagines un orphelinat à cette époque et dans ces circonstances ? Il passait des nuits dans la cour quand il était puni, même en hiver, c'était le règlement : une nuit à demander pardon à la statue de Saint Louis ! Il y avait un vieux surveillant à barbe grise, la bouche pleine de trous, qui lui expliquait avec des postillons glacés que seuls sont orphelins les enfants qui le méritent, que la famille n'est pas un droit mais une récompense, des trucs de ce genre, tu te rends compte !

Mon crâne est un iceberg, maintenant. Et le *Titanic* vient de lui rentrer dedans[2]. Crastaing au fond de la cour !

– Le matin, dans cette cour qui ressemblait plutôt à un puits, le vieux lui apportait le bol de soupe dont on l'avait privé la veille. Une soupe mal réchauffée, tiède en surface et froide au cœur, encore plus froide que la nuit ! Crastaing la refusait toujours et le vieux pion[3] n'insistait jamais, sachant qu'il la lui resservirait à midi, et le soir, et encore, jusqu'à ce qu'il l'avale, cette potion de nuit glacée !

Pope, maintenant, parle les yeux fixes, tout comme le Pope enfant qui délirait dans ma fièvre… À chaque entrevue avec Crastaing, il ne pouvait s'empêcher de voir ce que l'autre lui racontait :

– Je te jure… l'histoire de sa robe de chambre, par exemple… On ne leur achetait jamais de vêtements neufs,

1. **Étripait** : tuait (familier).
2. Le narrateur décrit le froid et le mal de tête qui envahissent son crâne avec des images évoquant le *Titanic*, paquebot qui a coulé après avoir heurté un iceberg en 1912.
3. **Pion** : surveillant (familier).

bien sûr, les petits héritaient les frusques[1] des grands quand les grands partaient à leur tour pour la guerre – la guerre qui avait déjà dévoré[2] leurs parents ! Et bientôt il n'y eut plus que des petits à l'orphelinat, parce que tous les grands étaient partis fabriquer d'autres orphelins, là-bas, dans les plaines de l'Est…

– Pope, tu parlais d'une robe de chambre…

– Oui, la robe de chambre, oui… Il avait hérité une robe de chambre d'un de ces grands disparus, une vieille robe de chambre beaucoup trop grande pour lui, dans laquelle il s'emmitouflait pour passer ses nuits de pénitence[3]… Il dit que ça a été sa seule famille, cette robe de chambre, et qu'il la possède encore ! Et les fenêtres de chez lui, tu sais sur quoi elles donnent ? Sur la cour de l'orphelinat Saint-Louis, celle-là même où il passait ses horribles nuits ! Il dit qu'il n'a jamais pu quitter tout à fait l'orphelinat, c'est ça le plus triste !

Pope parle, parle… et le *Titanic* s'enfonce dans mon crâne.

– « Votre fils ne connaît pas son bonheur », disait Crastaing à Pope chaque fois qu'il le convoquait, et chaque fois ses récits étaient plus tristes, plus désespérés et plus convaincants, comme une souffrance qui aurait traversé des dizaines d'années et qu'on vous servirait toute palpitante encore, avec ses horribles détails, ces petits trucs qui n'ont l'air de rien mais qui font plus mal que tout… et Pope était obligé d'écouter jusqu'au bout, et toute cette banale horreur lui flanquait des cauchemars où il m'imaginait orphelin à la

1. **Frusques** : vêtements abîmés, usagés (familier).
2. **Dévoré** : tué.
3. **Pénitence** : punition dans le but de faire regretter ses erreurs.

place de Crastaing, où il me voyait, moi, assis dans la cour de l'orphelinat, au pied de cette statue, au fond de cette espèce de puits, parmi les marronniers morts, il me voyait moi, livré au vieux surveillant à blouse grise, si vieux qu'il paraissait immortel :

– Et tu sais quoi ? Il t'oblige à manger des endives à la sauce blanche ! Le plat que tu détestes le plus ! À l'aube ! Gelée, la sauce, au fond de l'assiette ! Je ne sais pas pourquoi mais cette flaque de sauce figée, c'est pire que tout ! Et toi, assis au fond de cette cour, devant cette statue de roi mort, tu repousses l'assiette, et lui, le vieux, il n'insiste pas, il sait bien qu'il te la resservira autant de fois qu'il le faudra et que tu finiras par les avaler, tes endives…

La porte de l'appartement qui claque de nouveau, et la voix de Moune, dans la cuisine :

– Une bonne orangeade[1] pour tout le monde, d'accord ?

Pope a baissé la voix ; il s'est approché :

– Et moi, Pope, ton père, je vois tout ça du haut de cette fenêtre – je suppose que c'est la fenêtre de son appartement d'aujourd'hui –, je te vois, tout au fond, et je ne peux rien faire pour toi, moi, ton propre père ! Alors je me penche autant que je peux et je crie à pleins poumons : « Ce n'est pas vrai ! ce n'est qu'un rêve ! tu n'es pas orphelin ! n'aie pas peur je suis là ! je suis ton père ! c'est moi, Pope ! » Mais cette cour est si profonde… On dirait que mes paroles montent au lieu de descendre… qu'un tourbillon les emporte vers la nuit… et tu ne m'entends pas, bien sûr… tu ne m'entends pas… et tu regardes cette fenêtre comme si tu ne me voyais pas…

1. **Orangeade** : boisson à base de jus d'orange.

Sa main est toute chaude maintenant sur ma tête. Les glaçons fondus me font une cascade de larmes :

– Zut, tu es trempé… attends, je vais t'essuyer…

– Non, Pope, raconte… raconte…

– C'est fini, mon petit, je me réveille toujours à ce moment-là. Je me réveille en sursaut à côté de Moune qui murmure « Calme-toi, calme-toi », mais c'est fichu, je ne peux plus me rendormir, je reste éveillé jusqu'au matin avec cette image qui flottera dans ma tête pendant plusieurs jours : toi au fond de ce puits, dans cette robe de chambre trop grande pour toi… toi et cette assiette d'endives… grises et froides comme des poissons morts… Alors, je ne dors plus… j'attends ton réveil… et le matin, quand je te vois débarquer dans la cuisine… marcher au radar[1] vers ton bol de chocolat… je pousse un sacré soupir de soulagement !

1. **Au radar** : sans être réveillé.

Le corrigé

Le docteur Grappe avait eu raison : le lundi matin j'étais sur pied, tout frais tout rose, en pleine forme pour affronter Crastaing.

– Résurrection[1] générale… annonça Kamo en voyant entrer un par un tous les copains dans la classe… et il ajouta :

– Le jour du jugement dernier[2] !

– C'est pas marrant, Kamo, dit le grand Lanthier en frissonnant.

– Non, admit Kamo, surtout pour ceux qui vont aller cuire en enfer ! Tu l'as faite, toi, ta rédac, Lanthier ?

Lanthier devint tout pâle et ne répondit pas.

Debout derrière nos chaises, nous attendions… debout et silencieux comme au bon vieux temps d'avant mon cauchemar.

---

1. **Résurrection** : retour à la vie. Allusion à la Résurrection de Jésus-Christ dans la religion chrétienne. Ici, il ne s'agit que du rétablissement des élèves après leur maladie.
2. **Jugement dernier** : dans la Bible, moment où Dieu jugera de la valeur de chaque être humain en fonction de ce qu'il a fait de bien et de mal durant sa vie sur terre.

Une minute… pas de Crastaing.

Deux minutes… son bureau vide au-dessus de nous[1].

Trois minutes… tous nos regards braqués[2] sur la porte close.

Quatre minutes…

La porte qui s'ouvre enfin.

Crastaing.

Le même, exactement. Le même crâne chauve, la même tête triangulaire et lisse, la même pâleur, le même costume, la même petite tache violette dans la poche où il glisse son stylo. Et déjà derrière son bureau… La même vivacité de fantôme.

– Asseyez-vous.

Tout le monde assis.

– Sortez vos rédactions.

Personne ne bronche. Lanthier fait bien mine de chercher le devoir qu'il n'a pas fait, mais il y renonce très vite et se fige dans l'immobilité générale.

– Dois-je comprendre que personne n'a fait son travail ?

Attention… aaaattention… il y a des silences qui sont de dangereux explosifs !

Mais non. Crastaing se contente de demander une seconde fois :

– Personne ?

Puis il se passe quelque chose de tout à fait inattendu : un très léger sourire vient se poser sur ses lèvres… Oh ! trois fois rien… une ombre de sourire… mais c'est la toute première fois que nous assistons à ce phénomène… c'est

---

1. Le bureau est posé sur une estrade.
2. **Braqués** : dirigés avec intensité.

tellement sidérant[1]… ce sourire minuscule qui explose sur ce visage comme s'il portait toute la gaieté du monde !

– En effet… en effet… c'était peut-être un tout petit peu difficile pour vous…

Et c'est toujours en souriant qu'il ouvre son cartable.

– Je vais vous lire le corrigé.

Cela aussi, c'est nouveau. Depuis que nous le subissons, il ne nous a jamais rien lu à voix haute. Pas la moindre histoire… rien, jamais. Pendant qu'il cherche ses papiers, il dit encore :

– À propos, je vous prie de m'excuser pour mon retard… j'ai visité un nouvel appartement… je déménage… un peu plus d'espace… davantage de lumière… c'est important, la lumière, c'est la vie… mes fenêtres donnaient sur une sorte de puits… Ah ! voilà… Vous y êtes ?

Tu parles ! Toute la classe n'était qu'une seule et même oreille[2] !

Alors, il s'est mis à lire.

Oui, ce matin-là, Crastaing, notre prof de français, nous lut à voix haute une histoire extraordinaire, une histoire de famille, pleine d'adultes-enfants et d'enfants-adultes, de tartines volantes, de bosses, d'inondations, de maladies effrayantes, de convalescences délicieuses, et dont les personnages s'appelaient Pope, Moune, Tatiana… une histoire de famille avec des hauts et des bas, des naissances et des morts, dont les racines plongeaient profond dans l'Histoire avec un grand H, celle qui fait les guerres et les révolutions,

---

1. **Sidérant** : très surprenant.
2. **N'était qu'une seule et même oreille** : écoutait avec la même concentration (expression).

celle qui éparpille[1] les familles, creuse les fossés de l'oubli, mais qui finit malgré tout par accoucher de la paix[2] et devient alors l'histoire des retrouvailles et des rencontres, l'histoire des bonheurs que l'on croit éternels… l'histoire du mariage de Pope et de Moune… l'histoire de nos vacances dans le Vercors[3], l'histoire qui fuit les livres d'Histoire pour se reposer un peu dans les albums de famille… la seule histoire dont lui, Crastaing, eût jamais rêvé…

Sa voix était toujours un peu métallique, mais elle s'était assouplie, elle épousait toutes les péripéties[4] de son récit, ce n'était plus seulement une voix pour faire peur, mais pour faire rire aussi, et pleurer, et rêver, et penser… une voix vivante, riche de toute la vie qu'il avait jetée sur ces pages… Il lisait, il lisait comme on raconte. À la fin de l'heure il lisait encore. Personne n'entendit sonner la récré.

Le soir, comme nous attendions notre métro, Kamo a juste dit :

– Dis donc, toi, si Pope, ton père, ne vient pas réparer ce robinet aujourd'hui même, ça va être la guerre, avec Tatiana.

---

1. **Éparpille** : disperse, éloigne.
2. **Accoucher de la paix** : faire naître la paix (métaphore).
3. **Vercors** : région montagneuse située à une centaine de kilomètres au sud-est de Lyon.
4. **Péripéties** : aventures.

Arrêt sur lecture 3

Un quiz pour commencer

Cochez les bonnes réponses.

1 *Que décide de faire Kamo pour arranger la situation ?*

- ❒ Trouver un guérisseur désenvoûteur.
- ❒ Enlever « petit Crastaing » de son orphelinat.
- ❒ Préparer de mystérieuses potions.

2 *Pourquoi le narrateur est-il toujours inquiet ?*

- ❒ Kamo est très agité.
- ❒ Il ne se souvient plus du sujet de la rédaction.
- ❒ La fièvre de Pope et de Moune s'est encore aggravée.

3 *Que se passe-t-il quand le narrateur s'éveille ?*

- ❒ Ses parents, maintenant adultes, discutent avec le docteur.
- ❒ Pope et Moune sont à présent très âgés.
- ❒ Le narrateur constate qu'il est dans le corps d'un petit garçon de cinq ans.

4 *Que dit le docteur Grappe, pour conclure ?*

❒ Il affirme que l'épidémie se répand dans la ville.

❒ Il déclare que la crastaingite se guérit quand on mange beaucoup.

❒ Il lui assure qu'il sera vite sur pied.

5 *Pour quelle raison le narrateur se détend-il, de nouveau ?*

❒ Sa mère le soigne attentivement.

❒ Son père lui passe de la musique douce.

❒ Kamo le fait rire en imitant Crastaing au pied de son lit.

6 *Finalement, pourquoi Pope redoute-t-il les rendez-vous avec Crastaing ?*

❒ Crastaing lui raconte sa triste enfance.

❒ Le professeur accable son fils de reproches.

❒ Le rendez-vous dure toujours très longtemps.

7 *Que se passe-t-il quand Crastaing, de nouveau en classe, réclame les rédactions ?*

❒ Ce sont des rédactions écrites par les parents.

❒ Aucun enfant n'a fait sa rédaction.

❒ Les enfants lui offrent des dragons en papier.

8 *À quelle scène étonnante les enfants assistent-ils à la fin ?*

❒ Le professeur ne fait pas de commentaire et s'endort sur son bureau.

❒ Le professeur leur fait faire une séance de relaxation.

❒ Le professeur lit une magnifique rédaction.

Des questions pour aller plus loin

→ Comprendre la fin de l'intrigue

Kamo, maître de la situation

1 Pourquoi Kamo a-t-il enlevé le professeur ? Pour quelle raison ne voulait-il pas faire sa rédaction ? Pour répondre, relisez les pages 78 à 80.

2 Relevez les expressions évoquant la façon de manger dans le discours de Kamo (p. 79-81). Que constatez-vous ? Pourquoi peut-on dire que Kamo nourrit le professeur de deux manières ?

3 Lisez les pensées du narrateur à propos de Kamo. Que pense le narrateur de la façon de faire ou de réfléchir de son ami ?

> « Il a raison.
> Il a raison ! Mais il a raison, bon Dieu ! »
> (l. 15, p. 78)

> « Non, l'idée de Kamo était bien meilleure. L'idée de Kamo était une idée à la Kamo. Une idée de génie. Une «idée du siècle, comme il disait lui-même chaque fois qu'il en trouvait une nouvelle, ce qui lui arrivait dix fois par jour […]. »
> (l. 28-32, p. 78)

> « Silence tonitruant, comme toujours après un discours de Kamo. Tous ces mots qui continuent à exploser dans votre tête, comme un feu d'artifice qui n'en finit plus de finir… »
> (l. 97-99, p. 81)

Un narrateur angoissé

4 **a.** Quelle angoisse saisit de nouveau le narrateur dans ces deux phrases ?

« Ils [Pope et Moune] semblaient posés sur leur lit comme sur un radeau à la dérive. » (l. 107-108, p. 82)

« Oh ! Kamo, tu te trompes, les parents sont mortels ! Grands ou petits, ça ne change rien à l'affaire. Dès qu'ils nous ont faits, ils peuvent se défaire… » (l. 117-119, p. 82)

b. Langue Relevez le jeu de mots dans la deuxième citation et expliquez le sens ici des verbes « faire » et « défaire ».

5 Que réclame le narrateur lorsqu'il s'adresse directement à ses parents, à la page 82 ?

6 Quelle(s) émotion(s) correspond(ent) le mieux aux citations du narrateur, ci-dessous ? Coloriez-les et justifiez votre réponse.

« Je me suis laissé tomber dans le sommeil » (l. 131-132, p. 83)

« … j'ai sauté à mon tour dans le puits… » (l. 132, p. 83)

« … j'ai noyé la lumière du jour… » (l. 132-133, p. 83)

Abandon

Courage

Détente

Dépression

Jeu

7 Le retour à la réalité est aussi difficile. Complétez, dans la frise ci-contre, les étapes du retour à l'enfance par le narrateur. Pour vous aider, relisez les pages 84 et 85.

Les étapes du retour à l'enfance

⑧ ________________________________

⑦ ________________________________

⑥ ________________________________

⑤ ________________________________

④ ________________________________

③ ________________________________

② ________________________________

① ________________________________

Le bonheur du retour à l'enfance

8 De retour à la réalité, le narrateur, encore faible, apprécie chacune de ses sensations. Classez les phrases suivantes selon le sens auquel elles font référence.

a. « Le cliquetis des appareils que range le docteur » (l. 63, p. 87)

b. « Le souffle chaud des couvertures qu'on rabat » (l. 66, p. 87)

c. « Les petits pas qui sortent » (l. 74, p. 87)

d. « La lumière qu'on éteint » (l. 75, p. 87)

e. « La main de Moune qui soulève ma nuque » (l. 28, p. 89)

f. « La chaleur du lait au miel » (l. 29, p. 89)

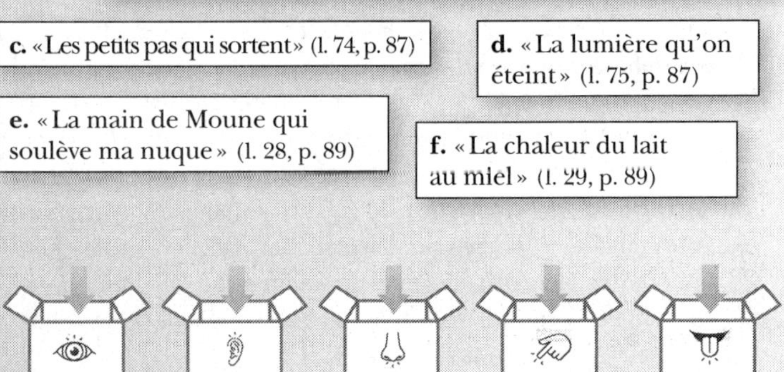

9 Selon vous, quels sont les deux sentiments qui envahissent le narrateur, lorsque la situation revient à la normale ?

10 Le narrateur est heureux que Pope lui explique la vie, et en particulier l'enfance de Crastaing, qui semble avoir été douloureuse. Trouvez trois exemples de mauvais traitements que le professeur a subis. Quel est son unique réconfort ?

Zoom sur l'évolution de Crastaing (l. 20, p. 96 à l. 89, p. 98)

11 Qu'est-ce qui surprend les élèves dans le comportement de Crastaing, à son retour ?

12 Lisez les lignes 78 à 84, page 98. Quelles évolutions remarquez-vous chez le professeur dans cet extrait ? Comment les élèves réagissent-ils ?

13 Puisque cette aventure semble être un rêve du narrateur, comment expliquez-vous le fait que la rédaction de Crastaing évoque les vies du narrateur et celle de Kamo ?

✔ *Rappelez-vous !*

• À la fin d'un récit d'aventures, le héros, qui a fait face aux difficultés, **remporte des victoires**. La situation finale consiste en un retour à la normale et le personnage principal, plus mûr, **est riche de son expérience nouvelle**.

• Dans *Kamo et moi*, les deux amis cherchent des solutions pour **résoudre leur problème**. Ils comprennent mieux d'où vient la bizarrerie de leur professeur. Puis, il apparaît que l'inversion des rôles est le résultat d'un rêve, rendu plus intense par la fièvre. Pourtant, à la fin, **le rêve semble bien réel** puisque le professeur évoque des éléments de la vie de Kamo et du narrateur dans sa propre rédaction ! Il reste donc des questions sans réponse que le lecteur résoudra à sa manière…

De la lecture à l'expression orale et écrite

Des mots pour mieux s'exprimer

1 ***Reliez les différentes expressions contenant le mot puits à leur sens. Vous pouvez vous aider d'un dictionnaire.***

« Ce qu'on lui dit tombe dans un puits » •	• Être très savant
« Cela ne tombera pas dans le puits » •	• Être très riche
« Être un puits de science » •	• Il sait garder des secrets
« Être un puits d'or » •	• Cela ne sera pas oublié
« La vérité est au fond du puits » •	• Il faut s'occuper de ses affaires tant qu'on en a l'occasion
« Il faut puiser tant que la corde est au puits » •	• La vérité n'est pas toujours facile à trouver

2 ***Colorie en bleu les synonymes du mot évolution et en rouge les antonymes de ce mot.***

Changement	Constance	Immobilité
Modification	Mutation	Permanence
Progression	Stagnation	Transformation

La parole est à vous

3 *Retrouvez les mots !*

Consignes. Par groupes de deux élèves, répartissez-vous les mots suivants qui font référence à l'univers de Kamo et du narrateur : admiration, amitié, aventures, enfance, nourriture, parole, rédaction, transformation. Puis, chacun de votre côté, trouvez des définitions pour les mots de vos deux listes. Ensuite, proposez vos définitions à votre camarade qui doit retrouver le mot de départ.

4 *Certains élèves de la classe veulent faire le procès de Crastaing. Kamo et le narrateur décident d'être ses avocats.*

Consignes. Par groupe de quatre élèves, décidez qui jouera le rôle des avocats et qui jouera le rôle des accusateurs. Vous devrez trouver des arguments pour et contre dans chacune des parties. Vous passerez ensuite devant la classe pour débattre.

À vous d'écrire

5 *Le narrateur est admiratif de son ami Kamo. Lui-même a fait preuve de plusieurs qualités. Choisissez un des personnages du roman et mettez-le en valeur dans le cadre d'une rédaction.*

Consignes. Présentez d'abord les qualités de votre personnage. Puis, illustrez ces qualités en indiquant les moments de l'histoire où elles se sont exprimées. Enfin, concluez en expliquant pourquoi vous avez choisi ce personnage.

6 ***Avez-vous hâte d'être adulte ?***

Consignes. Votre écrit, d'une quinzaine de lignes, exposera au moins trois arguments pour justifier votre réponse. Vous développerez vos idées et donnerez des exemples.

Du texte à l'image

Histoire des arts

• *Le Cercle des poètes disparus*, film de Peter Weir avec Robin Williams (M. Keating, le professeur), 1989.

➡ **Image reproduite en début d'ouvrage, au verso de la couverture.**

Lire l'image

1 Décrivez la scène du photogramme du *Cercle des poètes disparus* (décor, personnages, attitudes, couleurs…).

2 Que devine-t-on des rapports entre les élèves et le professeur ?

3 Pourquoi n'est-ce pas une scène de classe ordinaire ?

Comparer le texte et l'image

4 À quel moment du roman *Kamo et moi* cette scène peut-elle faire penser ?

5 Qu'est-ce qui est cependant différent dans ce photogramme par rapport au roman ?

6 Dans *Le Cercle des poètes disparus*, le professeur Keating cherche à connaître ses élèves et à les rendre plus libres. Est-ce la même chose dans le roman *Kamo et moi* ?

À vous de créer

7 Fabriquez un folioscope dans lequel vous animerez le personnage de Kamo ou du narrateur.

Le folioscope est un petit livret d'images que l'on feuillette très rapidement pour donner l'illusion d'un mouvement. Il suffit, pour cela, de découper des feuilles de papier de taille identique et de dessiner un ou plusieurs éléments qui évoluent légèrement sur chaque page.

Pour vous aider à comprendre le procédé, vous pouvez consulter le site Internet suivant: **https://fr.wikihow.com/fabriquer-un-folioscope**

1. Découpez des feuilles de papier de 7,5 centimètres sur 10,5 centimètres, une vingtaine environ. Plus les pages seront nombreuses, plus votre «petit film» sera long.

2. Imaginez un mouvement simple que peut faire votre personnage.

3. Dessinez votre première scène puis, sur la deuxième feuille, réalisez la même scène avec un léger changement de position. Sur la troisième feuille, accentuez le mouvement, et ainsi de suite.

4. Lorsque vous avez dessiné, image par image, toute votre scène, agrafez vos feuilles dans le bon ordre, à l'opposé des dessins, et faites défiler rapidement entre vos doigts: le dessin s'anime!

Vous pouvez compléter vos connaissances avec les explications situées sur ce site Internet: **https://lestrucsenscope.com/wp-content/uploads/2017/01/Bricolimage-FOLIOSCOPE.pdf**

Vous trouverez également des exemples de folioscopes ici: **https://creapills.com/the-flippist-histoires-animees-flip-books-20180927**

Arrêt sur l'œuvre

Des questions sur l'ensemble de l'œuvre

Un cadre familier

1 Crastaing est effrayant et met ses élèves mal à l'aise. Montrez-le en relevant une citation qui illustre la peur (p. 9-10), l'emprisonnement (p. 10), la culpabilisation (p. 14), l'interdiction d'inventer (p. 14) et le malaise (p. 15-16).

2 La famille du narrateur est, au contraire, beaucoup plus rassurante. Surlignez ci-dessous les phrases concernant Pope, puis Moune qui le prouvent.

« Tu es vraiment le plus grand flemmard que je connaisse… » (l. 37, p. 13)

« Le temps de ne pas faire ta rédac. C'est ça, la crastaingite ! C'est une maladie bien réglée. » (l. 18-19, p. 89)

« Il faut toujours vous mettre les points sur les i à vous autres, les gosses ! » (l. 98-99, p. 16)

« La main de Moune qui soulève ma nuque… » (l. 28, p. 89)

Quand la fiction dépasse la réalité...

3 Reconstituez les étapes de la « crastaingite » en complétant l'axe chronologique suivant.

① Début de l'épidémie.

② Cinq élèves manquent à l'appel.

③ Les parents bafouillent, disent n'importe quoi.

④ Crastaing donne un nouveau sujet de rédaction.

⑤ Il ne reste plus que dix élèves dans la classe.

⑥ Crastaing est absent.

⑦ Onze élèves sont absents.

⑧ Le narrateur s'est transformé en adulte.

⑨ Les parents du narrateur et de Kamo sont redevenus des enfants.

⑩ Les enfants ont pour grande responsabilité de rétablir la situation.

4 La fantaisie entraînée par cette inversion des rôles n'empêche pas le narrateur de se poser des questions fondamentales. Reliez chaque phrase à la réflexion du narrateur à laquelle elle correspond.

« Moune, comment tu étais, quand tu étais jeune ? »	•	• Le narrateur s'interroge sur l'adulte qu'il va devenir.
« Comment imaginer cela adulte ? »	•	• Il se demande quel type d'enfants étaient ses parents.
« Je viens de perdre vingt ou trente années de ma vie ! Comme ça ! »	•	• Il craint la mort de ses parents.
« [La fièvre] allait emporter avec elle tout ce que j'avais au monde : mes parents, mes parents et mes enfants ! »	•	• Il se soucie du temps qui passe.

Deux amis mènent l'enquête

5 Kamo et le narrateur partent en quête de Crastaing et font d'importantes découvertes. Dites si ces affirmations sont vraies ou fausses.

	Vrai	Faux
a. Le professeur est atteint d'une maladie incurable.	❑	❑
b. Crastaing est très seul.	❑	❑
c. Le professeur déteste les enfants.	❑	❑
d. Le professeur a subi une enfance traumatisante.	❑	❑
e. Le professeur connaît beaucoup d'échecs avec ses propres enfants.	❑	❑
f. Le professeur désire comprendre ce qu'est une famille.	❑	❑

6 Les jeunes garçons comprennent mieux leur professeur, à présent. Grâce à leurs actions communes, le professeur va évoluer. Répondez aux questions de la carte mentale pour comprendre l'évolution de Crastaing.

Quel sentiment le narrateur éprouve-t-il pour son professeur à la page 62 ?

+

Quelles sont les deux actions positives de Kamo pour le professeur (p. 79 à 81) ?

→

Quelles transformations constate-t-on chez le professeur (p. 96 à 98) ?

7 Comment interprétez-vous la fin du roman ? Le narrateur a-t-il seulement rêvé ? Débattez en classe avec vos camarades.

Des mots pour mieux s'exprimer

Le lexique de l'action

Aller de l'avant : innover.
Batailler : agir avec énergie.
Contribuer : participer.
Donner un coup de collier : faire des efforts supplémentaires.
Donner un coup de main : aider.
Entreprendre : mettre en œuvre.
Faire des pieds et des mains : déployer de l'énergie pour réussir.
Inciter : pousser à agir.
Mettre de l'huile de coude : mettre de l'énergie physique.
Monter à la force du poignet : gravir les échelons grâce à ses efforts.
Négocier : discuter, argumenter.
Persuader : convaincre.
Prendre l'initiative : être à l'origine d'un projet.
Prendre la tête d'une opération : diriger une équipe.
Prendre le taureau par les cornes : faire face aux difficultés.
Saisir à bras le corps : faire une tâche avec sérieux.
Se donner corps et âme : se dévouer pour une cause.

Classez les expressions du lexique de l'action dans les catégories suivantes.

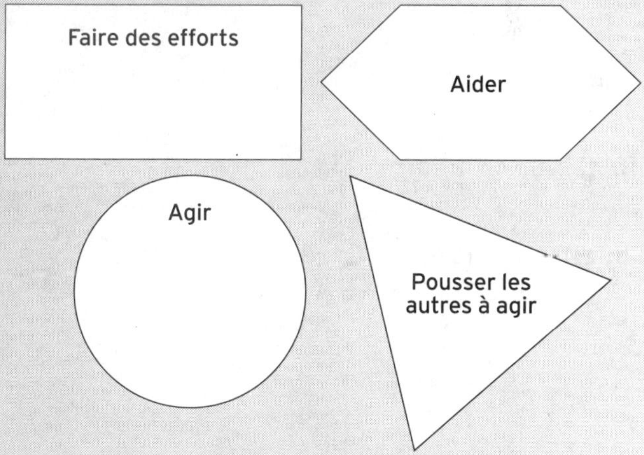

Le lexique du rêve

Bâtir des châteaux en Espagne : faire des projets irréalisables.
Cauchemar : rêve effrayant.
Chimère : idée sans rapport avec la réalité.
Espérance : espoir d'un avenir positif.
Hallucination : vision sans rapport avec la réalité.
Mirage : phénomène optique trompeur.
Ne rêver que plaies et bosses : être bagarreur.
Rêve prémonitoire : rêve qui annonce l'avenir.
Rêver les yeux ouverts : ne pas se rendre compte que ses projets sont irréalisables.
Rêverie : pensée vague, sans but précis.

Les lettres soulignées dans l'expression ci-dessous sont associées à des numéros. Complétez, grâce à ce code, les lettres manquantes dans la phrase encadrée ci-dessous pour découvrir la citation d'un philosophe célèbre, à propos des rêves.

Bâtir des châteaux en Espagne

1 2   3 4   5   6 7 8 9 10

«No□s □o□ff□o□s

5 4 5 2 10

□□□ l□□ □□v□□, no□□

7 8 2 3 4 2 3 3 4 5 4

gu□□□sso□□ par l□□ □□v□□.»

3 2 1 10 4 3 4 2 3 3 4

Gaston Bachelard (1884-1962).

À vous de créer

Illustrer ou commenter le roman* Kamo et moi *de Daniel Pennac avec les* Birds Dessinés *!

1. Allez sur le site Internet **https://www.birdsdessines.fr/editeur/** et cliquez sur « Créer vos *Birds Dessinés* ».

2. Choisissez l'arrière-plan avec les propositions situées au-dessus de vos trois cases.

3. Pour choisir votre premier personnage, cliquez dans la première vignette sur l'oiseau de gauche. Vous avez le choix de son aspect dans les dessins situés sous la bande dessinée. Prenez le temps de les consulter avant, pour bien choisir.

4. Réfléchissez à votre texte sur l'ensemble des trois vignettes. Vous pouvez faire un commentaire sur l'œuvre, sur les personnages ou bien rejouer en bande dessinée un moment de l'histoire qui vous a plu ou vous a fait rire.

5. Pour le texte, cliquez sur la première bulle, puis sur le dessin de bulle, tout au bout des propositions de personnages, sous les cases. Cela vous permet de choisir si vous faites parler un seul oiseau ou deux.

6. Tapez votre texte et vérifiez bien l'orthographe et la ponctuation. Vous pouvez procéder de la même manière pour chaque vignette.

7. Ensuite, téléchargez votre travail.

8. Si vous êtes inspiré(e), vous pouvez, bien sûr, faire plusieurs *Birds Dessinés* !

Exemple possible de *Birds Dessinés*.

Groupements de textes

Groupement 1

Devenir adulte

Jean-Marie Guyau, *La Bobine merveilleuse*

Texte intégral

Jean-Marie Guyau (1854-1888) est un philosophe et poète français du XIXe siècle. Ce conte commence avec un petit garçon qui est furieux d'avoir été grondé et trouve qu'il n'est pas enviable de devoir obéir…

Un petit garçon, fils de prince, avait été un jour réprimandé[1] sévèrement par son précepteur[2]. Le soir il était bien triste : « Comme on est malheureux, pensait-il, quand on est enfant ! On a des leçons à apprendre, des devoirs à faire. Oh ! pourquoi le temps ne va-t-il pas plus vite ? que ne suis-je déjà un homme ! Comme ma vie serait heureuse si j'en pouvais à mon gré[3] hâter[4] les jours ! »

---

1. **Réprimandé** : grondé.
2. **Précepteur** : professeur particulier.
3. **À mon gré** : selon mon désir.
4. **Hâter** : accélérer.

Tout en pleurant, l'enfant s'endormit. Le lendemain matin, en s'éveillant, il entrevit à côté de lui une jolie bobine de soie, aux reflets chatoyants[1], qui brillait aux rayons naissants de l'aurore[2].

L'enfant poussa un cri de surprise, et avança la main pour saisir ce qu'il croyait n'être qu'un charmant joujou. Mais voici que, de la petite bobine, une voix grêle[3] s'échappa, qui murmura aux oreilles du prince les paroles suivantes :

– Prends garde, prends garde ; que ta main imprudente n'approche pas de moi sans précaution ; que ton souffle ne flétrisse[4] pas mes vives couleurs. Si tu savais ce que je suis ! Enfant, le fil merveilleux qui s'enroule autour de moi représente toute la suite de tes jours[5]. Vois-tu comme, à mesure que les instants s'écoulent, ce fil se déroule et se dévide. Tu ne peux pas plus arrêter ce brin de fil sans cesse en mouvement que tu ne peux arrêter le temps.

Mais écoute : tu souhaitais hier de pouvoir à ton gré hâter tes jours, je t'en donne le pouvoir. Dévide ce fil de soie, et en même temps tu verras tes jours s'enfuir en toute hâte, comme s'ils étaient le long de ce fil.[6]

Mais rappelle-toi que ta main, qui peut le dévider tout entier en un instant, ne pourra pas en pelotonner[7] de nouveau un seul brin.

En entendant la merveilleuse bobine, le prince avait retiré sa main prête à la saisir. Il la regarda pendant longtemps sans oser y toucher. Enfin il s'enhardit[8] :

– Je vais tirer le brin de fil, pensa-t-il, mais bien peu, seulement de manière à passer un jour.

---

1. **Chatoyants** : brillants.
2. **Aurore** : aube.
3. **Grêle** : petite, fluette.
4. **Flétrisse** : abîme, fasse faner.
5. **La suite de tes jours** : ta vie.
6. La pelote est magique. Quand on tire sur le fil, le temps avance. L'enfant peut ainsi passer des moments désagréables ou accélérer le temps pour arriver à un moment qu'il attend.
7. **Pelotonner** : rembobiner.
8. **S'enhardit** : prit de l'audace.

Et du bout du doigt, il tira le fil. Sa journée s'était déjà écoulée. Il faisait nuit, et il se revit, prêt à se rendormir, dans le même lit où il venait de s'éveiller.

– Me voilà bien avancé ! s'écria le jeune prince. Un jour de passé, ce n'est pas assez. J'avais bien raison avant-hier de vouloir grandir et être homme. Allons !

Saisissant la bobine, il se mit à tirer le fil. Il le tira tant que, soudain, il se vit devenu homme, avec de la barbe au menton. Il était roi. Des conseillers et des courtisans[1] l'entouraient, lui parlaient des affaires de l'État.

Ce fut d'abord pour lui une grande joie, mais quand il demanda des nouvelles de son père et de sa mère, on lui apprit qu'ils étaient morts.

Il se mit à pleurer. Un roi pleurer, fi donc ![2] Les courtisans lui firent observer que ce n'était pas conforme[3] à la majesté royale que, si sa solitude le peinait, il pourrait y porter remède, qu'il était enfin d'âge à se marier.

Le roi finit par approuver l'idée de ses courtisans. Il envoie demander à un roi voisin la main de sa fille. Les ambassadeurs[4] partent : un jour s'écoule, puis deux ; les ambassadeurs ne reviennent pas. Le roi meurt d'impatience.

Il court à la bobine merveilleuse :

– Dévide-toi, dévide-toi, fil de mes jours !

Et voilà le roi au bras de sa fiancée : sa fiancée est belle, elle est bonne[5]. Si ses enfants lui ressemblent, ils auront toutes les qualités.

Mais comme il est encore loin le jour où le roi pressera entre ses bras ses enfants ! Il est loin, disais-je. Non, il est venu, car le roi a tiré le fil de sa main impatiente. Et déjà il se voit père de famille, il couvre de baisers ses nouveau-nés ; mais les bébés répondent à ses caresses par des pleurs et des cris.

1. **Courtisans** : nobles qui fréquentent la cour et flattent le roi.
2. **Fi donc !** : exclamation de surprise et de désapprobation.
3. **Conforme** : approprié, adapté.
4. **Ambassadeurs** : représentants d'un État auprès d'un autre pays.
5. **Bonne** : généreuse.

– Qu'est ceci ? dit le prince, et quel beau plaisir d'avoir des enfants au berceau, qui sont incapables de vous comprendre et de répondre à votre amour ! Je veux les voir grands, je veux les voir hommes. – Et il tira de nouveau le fil de la bobine.

Et sans cesse il retournait à la bobine, et il voyait ses jours et ses années courir devant ses yeux, comme un essaim[1] d'abeilles emporté dans un tourbillon.

Après chaque désir rassasié[2], il en voyait renaître un autre, plus ardent[3] ; et de nouveau la bobine tournait entre ses doigts, et de nouveau le fil se dévidait.

Or il arriva qu'un jour, derrière le fil de soie, le bois doré de la bobine se montra tout à coup[4] ; l'écheveau[5] touchait à sa fin, la vie du prince touchait à son terme. De surprise et d'effroi, sa main laissa échapper la bobine ; mais il la ramassa bien vite, il la mit en lieu sûr.

Il osait à peine regarder le fil, de peur de hâter par son regard l'imperceptible[6] mouvement qui le faisait de lui-même se dérouler sans cesse.

Il eût voulu ralentir les battements de son cœur, afin de prolonger cette vie qui devait s'éteindre si tôt. Il s'accouda sur la table où il avait posé la bobine merveilleuse, et là, tandis qu'elle continuait son mouvement perpétuel, il essaya de ressaisir par la mémoire les jours si vite passés.

Comme sa vie était vide ! Qu'avait-il fait, dont le souvenir pût lui rester maintenant ?

Il se voyait vieux, infirme. Ses années, quelque vite qu'elles se fussent envolées[7], n'en avaient pas moins laissé leur trace sur son visage ridé, sur sa tête blanchie, sur ses épaules voûtées[8].

---

1. **Essaim** : groupe d'abeilles vivant ensemble.
2. **Rassasié** : satisfait.
3. **Ardent** : fort, impérieux.
4. **Le bois doré de la bobine se montra tout à coup** : il n'y a presque plus de fil puisqu'on distingue le bois de la bobine.
5. **Écheveau** : ensemble de fil de la bobine.
6. **Imperceptible** : que l'on peut difficilement remarquer à l'œil nu.
7. **Quelque vite [...] envolées** : même si elles avaient passé très rapidement.
8. **Voûtées** : courbées.

C'était donc au moment où sa force et sa jeunesse l'abandonnaient, qu'il en sentait le prix[1]!

Que n'eût-il pas donné pour pouvoir, sur la bobine fée[2], pelotonner de nouveau un brin de fil! Et d'un regard muet, voilé par la tristesse, il interrogeait la mouvante bobine.

Une voix se fit entendre, sa pensée avait été devinée:

– Ce que tu demandes est impossible, ô prince: les jours passés ne reviennent point. Tu n'es pas le seul qui ait dépensé sa vie follement: combien d'imprudents te ressemblent! Combien, qui passent leur vie à attendre, impatients, le bonheur qui ne viendra pas pour eux! Ô prince, ta vie te paraît vide: c'est que tu ne l'as point remplie de bonnes actions. Elle te paraît malheureuse: c'est que tu n'as point su bien l'employer. À quelle œuvre[3] as-tu travaillé? Ta main oisive[4] a-t-elle fait autre chose que de dérouler impatiemment ce fil, qui était celui de ta vie? Ton impatience, au fond, était de la paresse.

Va, si tu n'es pas heureux, c'est que tu ne l'as point mérité.

Jean-Marie Guyau, *La Bobine merveilleuse* [1895]
dans *L'Année préparatoire de lecture courante, morale, connaissances usuelles*, Hachette Livre et BnF, 2018.

1. **C'était donc [...] qu'il en sentait le prix**: c'était au moment où la force et la jeunesse l'abandonnaient qu'il comprenait leur importance.
2. **Bobine fée**: bobine magique.
3. **Œuvre**: projet.
4. **Oisive**: inactive, paresseuse.

James Matthew Barrie, *Peter Pan*

James Matthew Barrie (1860-1937) est un romancier et dramaturge écossais, père du personnage de Peter Pan. Peter Pan est un garçon qui vit au Pays de Nulle Part, où il a emmené Wendy et ses frères. Après avoir vécu de folles aventures, ils retournent chez leurs parents, désespérés par leur disparition. Mme Darling, la mère de Wendy, propose d'adopter Peter Pan pour lui donner un foyer…

Mme Darling vint à la fenêtre, car maintenant elle avait décidé de surveiller Wendy de près. Elle dit à Peter qu'elle avait adopté tous les autres garçons et qu'elle aimerait bien l'adopter aussi.

– Et vous m'enverrez à l'école ? demanda-t-il d'un ton méfiant.

– Oui.

– Et ensuite dans un bureau ?

– Je suppose, oui.

– Et bientôt, je deviendrai un homme ?

– Bientôt, c'est vrai.

– Je ne veux pas aller à l'école et apprendre des choses sérieuses, dit-il d'un ton passionné. Je ne veux pas être un homme. Oh ! mère de Wendy, si j'allais me réveiller et sentir que la barbe pousse à mon menton !

– Peter, intervint Wendy conciliante[1], même avec une barbe, je t'aimerai.

Et Mme Darling lui tendit les bras, mais il se détourna.

– Arrière, madame, dit-il. Personne ne va me coincer pour faire de moi un homme.

– Mais où vas-tu vivre ?

– Avec Tinn[2] dans la cabane que nous avons construite pour Wendy. Les fées vont l'installer tout en haut d'un des arbres où elles dorment la nuit.

---

1. **Conciliante** : arrangeante, qui cherche à apaiser la situation.
2. Tinn Tamm est la petite fée miniature qui accompagne Peter Pan.

Groupements de textes

– C'est merveilleux ! s'écria Wendy avec tant de fougue[1] que Mme Darling l'étreignit[2] un peu plus fort.

James Matthew Barrie, *Peter Pan* [1911], trad. de l'anglais par H. Robillot, Belin-Gallimard, « Classico », 2020. © Éditions Gallimard.

Marie Desplechin, *Verte*

Né en 1959, Marie Desplechin est une journaliste et romancière française. *Verte* est un roman écrit pour la jeunesse qui la fera connaître du grand public et pour lequel elle recevra plusieurs prix. Verte est une jeune fille de douze ans qui vit avec sa mère, Ursule, et voit régulièrement sa grand-mère, Anastabotte. Sa mère et sa grand-mère sont des sorcières. Cependant, Verte ne veut pas devenir une sorcière. Ursule décide donc d'envoyer sa fille en stage chez Anastabotte, sa grand-mère. Le lendemain, elle veut savoir comment la journée de sa fille s'est passée.

– Alors, ma petite Verte, ai-je commencé d'une voix bourrée de patience. Bonne journée ?

– Ouais, a répondu Verte.

– Anastabotte a été gentille ?

Un deuxième « ouais » est venu trouer le silence. Puis plus rien. Plus rien jusqu'à ce qu'elle me lance :

– J'aurais bien aimé ne jamais grandir et ne jamais devenir sorcière.

Aïe, aïe, si c'était le résultat de sa première leçon chez Anastabotte, il fallait arrêter les frais le plus vite possible.

– Mais Mamie prétend que je n'ai pas le choix.

Ah, quand même ! Anastabotte ne lui avait pas raconté totalement n'importe quoi.

– Anastabotte m'a expliqué vos histoires. Excuse-moi, mais je les trouve un peu dégoûtantes. Si c'était possible, je préférerais rester simplement une jeune fille. Tant pis pour les pouvoirs magiques.

---

1. **Fougue** : élan, enthousiasme.
2. **Étreignit** : serra dans ses bras.

Groupements de textes

– Eh bien non. Ce n'est pas possible. Sorcière tu es née, sorcière tu dois devenir.

Verte a baissé la tête et ses yeux se sont emplis de larmes.

– Mais alors, ma vie est fichue. Je serai forcée de faire un tas de choses ridicules et écœurantes. Je serai toujours différente des autres filles. Et je ne pourrai sûrement jamais me marier.

– Pourquoi tu ne te marierais pas, si ça te tient tellement à cœur ? Marie-toi tant que tu voudras. Tu te rendras bien compte toi-même qu'une sorcière n'a pas grand-chose à faire d'un mari.

Marie Desplechin, *Verte*, © L'École des loisirs, 1996.

Anne-Laure Bondoux, *Mets-toi à ma place*

Auteure pour la jeunesse, Anne-Laure Bondoux (née en 1971) publie en 2002, pour Bayard Jeunesse, la courte histoire *Mets-toi à ma place*. Adèle est une collégienne et Marianne Chapuis, sa mère, travaille dans un journal. Un matin, elles se rendent compte avec stupeur que chacune est dans le corps de l'autre ! La première surprise passée, elles essaient donc d'assumer la journée de l'autre. Dans l'extrait qui suit, la collégienne a déjà fait beaucoup d'efforts pour assumer la journée de travail et les relations avec les collègues de sa mère…

À 17 heures, après avoir répondu plusieurs fois n'importe quoi au téléphone, j'annonce à la rédaction[1] que je rentre chez moi.

– Déjà ? s'étonne un type.

– Oui, j'ai décidé de consacrer du temps à mes enfants, ce soir, dis-je. Et puis, j'ai du repassage à faire !

Je claque la porte, pas mécontente de mon effet. Jamais Maman n'aurait dit un truc pareil ! Dans le hall, je croise à

1. **Rédaction** : ensemble des journalistes qui décident de ce qui sera imprimé dans le journal.

nouveau la même dame que ce matin, celle qui m'a offert un expresso[1] serré.

– Bien le bonjour à ta fille parfaite ! me lance-t-elle avec dédain[2].

Oh oh ! je crois qu'à cause de moi, Maman a perdu une copine...

Dans le train, je trouve une place. Éreintée[3] par cette journée de folie, je commence à m'endormir, quand une voix me sort de ma rêverie :

– Ticket, s'il vous plaît.

Je tends mon billet au contrôleur. Il l'examine et un sourire narquois[4] passe sur ses lèvres :

– Alors comme ça, on voyage à demi-tarif ?

Je le regarde, sans comprendre :

– Ben oui, dis-je, j'ai moins de douze ans.

Le contrôleur fronce les sourcils :

– J'ai horreur qu'on se fiche de moi, Madame ! J'étais prêt à passer l'éponge[5] pour cette fois, mais là, pas question !

Je me mords la lèvre. Décidément, je ne m'y fais pas ! Quand j'ai acheté mon ticket sur la borne automatique de la gare, je n'ai pas réfléchi !

Énervé, le contrôleur rédige son amende. Puis, sans un mot, il s'en va vers le fond du wagon. Douze euros fichus par les fenêtres, c'est idiot, mais comment raconter une histoire aussi abracadabrante à la SNCF !

Lorsque j'arrive à la maison, Lola, la baby-sitter est en train de jouer avec Gwen[6]. [...]

J'encourage Gwen à continuer sa partie de dominos avec Lola et je file jusqu'à ma chambre.

Maman est allongée sur mon lit, les yeux au plafond et mon baladeur sur les oreilles. Une véritable adolescente butée.

---

1. **Expresso** : café court et corsé.
2. **Dédain** : un peu de mépris.
3. **Éreintée** : très fatiguée.
4. **Narquois** : ironique.
5. **Passer l'éponge** : oublier l'incident.
6. Gwen est la petite sœur d'Adèle.

Je viens m'asseoir à côté d'elle et j'enlève enfin ces satanées chaussures.

Mon réveil indique 17 h 40. Si je veux convaincre Maman d'aller à l'entraînement de gym, je vais devoir jouer finement. J'ouvre la bouche pour parler, mais c'est elle la plus rapide.

– Ne gaspille pas ta salive, me dit-elle, je n'irai pas. Point.

Je respire et je force un sourire :

– Tu sais… ça te ferait peut-être du bien de faire un peu de sport…

– Non.

– Maman…

– Pas question. J'ai passé une journée suffisamment difficile comme ça.

Elle enlève le baladeur et se met à tout me raconter : l'atroce contrôle d'allemand avec l'heure de colle, le repas épouvantable de la cantine, le cours de musique où elle s'est ridiculisée parce qu'elle ne connaissait pas les paroles du dernier tube de « DJ Man », les colères du prof d'histoire, les bousculades dans la cour et les sarcasmes[1] des copines à chaque fois qu'elles l'entendaient dire « nom d'un chien ! ». Je lève les yeux au ciel :

– Évidemment ! Personne ne dit « nom d'un chien », Maman !

– Si, moi ! hurle-t-elle. Le collège est un monde sans pitié ! Et je ne te parle même pas de l'état des toilettes ! C'est vraiment honteux !

Je la regarde bien en face et je rétorque[2] :

– Justement ! C'est pour ça que j'ai besoin de me défouler à la gym !

Et j'ajoute, vraiment très en colère :

– Mets-toi un peu à ma place !

Anne-Laure Bondoux, *Mets-toi à ma place*,
Bayard, *DLire*, n° 43, avril 2002.

---

1. **Sarcasmes** : moqueries.
2. **Rétorque** : réponds avec force.

Daniel Pennac, *Chagrin d'école*

Daniel Pennac (né en 1944) raconte dans *Chagrin d'école* son passé de cancre et les difficultés qu'il a rencontrées dans ses relations avec les adultes. Les échecs scolaires n'empêchent pas l'adolescent de rechercher l'affection de certains professeurs, pourtant peu compréhensifs.

La haine et le besoin d'affection m'avaient pris tout ensemble[1] dès mes premiers échecs. Il s'agissait d'amadouer l'ogre scolaire[2]. Tout faire pour qu'il ne me dévore pas le cœur. Collaborer, par exemple, au cadeau d'anniversaire de ce professeur de sixième qui, pourtant, notait mes dictées négativement : « Moins 38, Pennacchioni, la température est de plus en plus basse ! » Me creuser la tête pour choisir ce qui ferait vraiment plaisir à ce salaud, organiser la quête parmi les élèves et fournir moi-même le complément, vu que le prix de l'affreuse merveille dépassait le montant de la cagnotte.

Il y avait des coffres-forts dans les maisons bourgeoises de l'époque. J'entrepris de crocheter[3] celui de mes parents pour participer au cadeau de mon tortionnaire[4]. C'était un de ces petits coffres sombres et trapus[5], où dorment les secrets de famille. Une clef, une molette[6] à chiffres, une autre à lettres. Je savais où mes parents rangeaient la clef mais il me fallut plusieurs nuits pour trouver la combinaison. Molette, clef, porte close. Molette, clef, porte close. Porte close. Porte close. On se dit qu'on n'y arrivera jamais. Et voilà que soudain, déclic, la porte s'ouvre ! On en reste sidéré[7]. Une porte ouverte sur le monde secret des adultes. Secrets bien sages en l'occurrence :

1. **M'avaient pris tout ensemble** : se mêlaient en moi.
2. **Amadouer l'ogre scolaire** : apprivoiser l'école qui l'écrase, le dévore.
3. **Crocheter** : ouvrir de force, par effraction, sans autorisation.
4. **Tortionnaire** : celui qui me torture.
5. **Trapus** : larges et peu hauts.
6. **Molette** : pièce cylindrique permettant d'actionner un mécanisme.
7. **Sidéré** : extrêmement étonné.

Groupements de textes

quelques obligations[1], je suppose, des emprunts russes[2] qui dormaient là en espérant leur résurrection, le pistolet d'ordonnance[3] d'un grand-oncle, dont le chargeur était plein mais dont on avait limé le percuteur[4], et de l'argent aussi, pas beaucoup, quelques billets, d'où je prélevai la dîme[5] nécessaire au financement du cadeau.

Voler pour acheter l'affection des adultes... Ce n'était pas exactement du vol et ça n'acheta évidemment aucune affection. Le pot aux roses[6] fut découvert lorsque, durant cette même année, j'offris à ma mère un de ces affreux jardins japonais[7] qui étaient alors à la mode et qui coûtaient les yeux de la tête.

L'événement eut trois conséquences: ma mère pleura (ce qui était rare), persuadée d'avoir mis au monde un perceur de coffres (le seul domaine où son dernier-né manifestait une indiscutable précocité[8]), on me mit en pension, et ma vie durant je fus incapable de faucher quoi que ce soit, même quand le vol devint culturellement à la mode chez les jeunes gens de ma génération.

Daniel Pennac, *Chagrin d'école*, Gallimard, «Folio», 2007,

1. **Obligations**: action d'acheter un peu de dette d'une entreprise pour l'aider à se financer. Celui qui détient l'obligation espère des revenus périodiques en échange du service qu'il rend et retrouvera son argent à une date fixée au départ.
2. **Emprunts russes**: sommes d'argent que l'Empire russe a empruntées aux Français, aux Anglais, aux Belges et qui n'ont jamais été remboursées.
3. **Ordonnance**: officier qui se met au service d'un haut gradé pour l'aider dans les tâches quotidiennes.
4. **Percuteur**: pièce dans un révolver, qui vient percuter l'amorce de la balle.
5. **Dîme**: ancien impôt prélevé par l'Église sur les récoltes. Ici, cela désigne l'argent que l'enfant prend à ses parents.
6. **Pot aux roses**: vérité, secret.
7. Les jardins japonais étaient, à l'époque, des pots larges et peu profonds dans lesquels on recréait une ambiance japonaise avec des plantes grasses, des maisons et des figurines miniatures.
8. **Précocité**: ici, maturité rapide, talent étonnant dans un domaine.

Groupement 2

Les copains d'abord

Louis Pergaud, *La Guerre des boutons*

Dans le roman de Louis Pergaud (1882-1915), les enfants et les adolescents de deux villages voisins sont en rivalité depuis des générations: d'un côté les Velrans, de l'autre les Longevernes. Dans cet extrait, trois enfants du village de Longeverne, les deux frères Gibus et leur ami Boulot, viennent annoncer à leurs camarades qu'ils ont été gravement insultés par la bande des Velrans. Commence alors une discussion pour décider de la meilleure manière de répondre à cet affront…

Il y avait là Lebrac, le chef, qu'on appelait encore le grand Braque; son premier lieutenant Camu, ou Camus, le fin grimpeur ainsi nommé parce qu'il n'avait pas son pareil[1] pour dénicher les bouvreuils[2] et que, là-bas, les bouvreuils s'appellent des camus; il y avait Gambette de sur la Côte dont le père, républicain[3] de vieille souche[4], fils lui-même de quarante-huitard[5], avait défendu Gambetta[6] aux heures pénibles; il y avait La Crique, qui savait tout, et Tintin, et Guignard le bigle[7], qui se tournait de côté pour vous voir de face, et Tétas ou Tétard, au crâne massif, bref les plus forts du village, qui discutaient une affaire sérieuse. […]

L'aîné des Gibus, qu'on appelait par contraction Grangibus pour le distinguer du P'tit Gibus ou Tigibus son cadet, parla ainsi:

---

1. **N'avait pas son pareil**: était le meilleur.
2. **Bouvreuils**: oiseaux au ventre orange et à la tête noire.
3. **Républicain**: personne qui souhaite une organisation politique du pays où le chef d'État est élu par le peuple.
4. **De vieille souche**: depuis des générations.
5. **Fils lui-même de quarante-huitard**: fils d'un homme qui a participé à la révolution de 1848.
6. **Léon Gambetta** (1838-1882): homme d'État français qui a proclamé le retour de la république en 1870.
7. **Guignard le bigle**: ce surnom signifie «celui qui n'a pas de chance parce qu'il louche».

– Voilà ! Quand nous sommes arrivés, mon frère et moi, au contour des Menelots[1], les Velrans se sont dressés tout d'un coup près de la marnière[2] à Jean-Baptiste. Ils se sont mis à gueuler comme des veaux, à nous foutre[3] des pierres et à nous montrer des triques[4]. Ils nous ont traités de cons, d'andouilles, de voleurs, de cochons, de pourris, de crevés, de merdeux, de couilles molles, de…

– De couilles molles, reprit Lebrac, le front plissé, et qu'est-ce que tu leur z'y as redit là-dessus ?

– Là-dessus on « s'a ensauvé », mon frère et moi, puisque nous n'étions pas en nombre, tandis qu'eusses, ils étaient au moins tienze[5] et qu'ils nous auraient sûrement foutu la pile[6].

– Ils vous ont traités de couilles molles ! scanda[7] le gros Camus, visiblement choqué, blessé et furieux de cette appellation qui les atteignait[8] tous, car les deux Gibus, c'était sûr, n'avaient été attaqués et insultés que parce qu'ils appartenaient à la commune et à l'école de Longeverne.

– Voilà, reprit Grangibus, je vous dis maintenant, moi, que si nous ne sommes pas des andouilles, des jeanfoutres[9] et des lâches, on leur z'y fera voir si on en est des couilles molles.

– D'abord, qu'est-ce que c'est t'y que ça, des couilles molles ? fit Tintin.

La Crique réfléchissait.

– Couille molle !… Des couilles, on sait bien ce que c'est, pardine[10], puisque tout le monde en a, même le Miraut de

---

1. **Menelots** : lieu-dit de la région.
2. **Marnière** : carrière d'où on peut extraire de la craie.
3. **Foutre** : jeter.
4. **Triques** : bâtons.
5. **Tandis qu'eusses, ils étaient au moins tienze** : tandis qu'eux, ils étaient au moins quinze.
6. **Foutu la pile** : battus à plate couture, dominés.
7. **Scanda** : prononça en insistant sur les mots.
8. **Les atteignait** : les blessait dans leur orgueil.
9. **Jeanfoutres** : personnes méprisables, vauriens.
10. **Pardine** : pardi.

Lisée[1], et qu'elles ressemblent à des marrons sans bogue[2], mais couille molle !... couille molle !...

– Sûrement que ça veut dire qu'on est des pas grand-chose, coupa Tigibus, puisque hier soir, en rigolant avec Narcisse, not'meunier, je l'ai appelé couille molle comme ça, pour voir, et mon père, que j'avais pas vu et qui passait justement, sans rien me dire, m'a foutu aussitôt une bonne paire de claques. Alors...

L'argument était péremptoire[3] et chacun le sentit.

– Alors, bon Dieu ! il n'y a pas à rebeuiller plus longtemps[4], il n'y a qu'à se venger, na ! conclut Lebrac.

– C'est t'y vot'idée, vous autres ?

– Foutez le camp de là, hein, les chie-en-lit, fit Boulot aux petits qui s'approchaient pour écouter.

Ils approuvèrent le grand Lebrac à l'unanimité, comme on disait. À ce moment le père Simon[5] apparut dans l'encadrement de la porte pour frapper dans ses mains et donner ainsi le signal de l'entrée en classe. Tous, dès qu'ils le virent, se précipitèrent avec impétuosité[6] vers les cabinets, car on remettait toujours à la dernière minute le soin de vaquer[7] aux besoins hygiéniques réglementaires et naturels.

Et les conspirateurs[8] se mirent en rang silencieusement, l'air indifférent, comme si rien ne s'était passé et qu'ils n'eussent pris, l'instant d'avant, une grande et terrible décision.

Louis Pergaud, *La Guerre des boutons* [1912], Gallimard, « Folio », 2015, © Éditions Gallimard.

Groupements de textes

1. **Miraut de Lisée** : chien de chasse du paysan nommé Lisée.
2. **Bogue** : enveloppe du marron ou de la châtaigne.
3. **Péremptoire** : décisif, convaincant.
4. **Il n'y a pas à rebeuiller plus longtemps** : il n'y a pas besoin de réfléchir davantage.
5. Le père Simon est l'instituteur du village.
6. **Impétuosité** : force, enthousiasme.
7. **Vaquer** : s'occuper.
8. **Conspirateurs** : membres d'un complot, d'une décision secrète et importante contre un autre groupe.

Marcel Pagnol, *Le Temps des secrets*

Berlaudier est un élève de sixième turbulent. Il a un petit instrument de musique constitué d'une pastille de métal, percée d'un trou sur lequel est tendu un mince fil de caoutchouc. Il place l'objet sur sa langue et peut, en toute discrétion, en tirer des sons qui ressemblent au chant d'un oiseau. Le but de cet élève est, bien sûr, de perturber la classe et de faire rire ses camarades. Le narrateur est dans la même classe et l'observe avec attention…

Berlaudier avait dû s'entraîner chez lui, car il débuta en virtuose[1] pendant la classe de dessin. Le danger n'était pas grand, car Tignasse[2] n'entendait rien : le musicien fit ses gammes[3], pendant vingt minutes, simplement pour se mettre en train[4], puis, quand il vit qu'il ne risquait rien, il se tut, découragé. […]

C'est le soir, en étude, que M. Payre[5] lui coupa le sifflet.

À cinq heures et demie, dans le silence studieux, tandis que notre maître lisait son journal à la chaire[6], on entendit une timide roulade, comme une sorte de prélude[7], d'un rossignol qui s'échauffe la gorge. […]

Alors, tandis que Berlaudier, la tête penchée et le coude en l'air, tirait un trait noir le long d'une règle, un long trille s'éleva, s'enfla, puis s'effaça *diminuendo*[8]. Toutes les têtes se baissèrent, les épaules se rétrécirent. M. Payre, l'air parfaitement indifférent, et sans un regard de notre côté, se leva, descendit de sa chaire, et, d'un pas de promeneur, alla se pencher sur le devoir de Lambert[9] ; il nous tournait le dos, et fit à voix

1. **Virtuose** : musicien très doué.
2. « Tignasse » est le surnom du professeur de dessin.
3. **Fit ses gammes** : s'entraîna.
4. **Se mettre en train** : s'échauffer.
5. M. Payre surveille l'heure d'étude.
6. **Chaire** : siège surélevé par une estrade, qui facilite la surveillance de la classe.
7. **Prélude** : morceau de musique de forme libre.
8. On décrit ici un ornement musical qui consiste à répéter, très rapidement, deux notes, à les chanter plus fort, puis de plus en plus bas.
9. Lambert, Galubert et Lageau sont trois autres élèves de la même salle.

basse quelques remarques. On entendit pépier l'oiseau, puis il se lança dans un ramage beaucoup plus beau que le plumage[1] de Berlaudier. M. Payre ne se retourna même pas, et je pensai qu'il était peut-être sourd, mais qu'il nous l'avait caché jusque-là, ce qui m'attrista un peu.

L'oiseau se tut. Alors M. Payre descendit jusqu'au fond de l'étude, mais du côté opposé au nôtre, et il s'intéressa vivement aux problèmes de Galubert, un scientifique de cinquième B.

L'oiseau avait repris son souffle, et se mit soudain à rossignoler[2]. M. Payre nous présentait encore son dos: il parlait à Galubert, qui l'écoutait, la face levée, avec le plus vif intérêt, et une gêne visible, car le chant de l'oiseau le troublait.

Mais M. Payre ne l'entendait toujours pas. Cette indifférence énerva Berlaudier; il regarda le dos de M. Payre, et secoua la tête en manière de protestation, comme s'il lui reprochait de ne pas jouer son rôle et de se dérober à ses obligations[3].

Puis, il lança coup sur coup trois roulades qui avaient le ton d'un défi, et les fit suivre d'une longue plainte désolée… M. Payre quitta Galubert, lui donna une petite tape d'encouragement sur l'épaule, puis, à pas lents, se dirigea vers nous, pensif.

Il passa tout le long des casiers, s'engagea dans notre allée, et se pencha soudain sur la carte de Berlaudier.

« Quelle est cette carte ? » lui demanda-t-il.

Berlaudier, sans mot dire, lui montra l'atlas, comme s'il pensait, avec Napoléon, qu'un petit croquis[4] vaut mieux qu'un long discours.

M. Payre insista:

« Qui vous a donné ce devoir ? »

---

1. **Un ramage plus beau que le plumage**: un chant d'oiseau plus beau que l'allure de l'élève Berlaudier, allusion à la fable de Jean de La Fontaine, « Le Corbeau et le Renard » (XVIIe siècle).
2. **Rossignoler**: chanter comme un rossignol.
3. **Se dérober à ses obligations**: ne pas faire ce qui est de son devoir.
4. **Croquis**: dessin rapide.

Berlaudier ouvrit de grands yeux, et par sa mimique[1], exprima bêtement qu'il n'en savait rien.

« Comment ? dit M. Payre, vous ignorez le nom de votre professeur de géographie ? Comment s'appelle-t-il ? »

Lagneau intervint aussitôt, serviable, et dit :

« C'est M. Michel.

– Ce n'est pas à vous que je parle ! » dit M. Payre.

Il reprit en main le cartographe[2], et le regardant en pleine figure, il dit avec force : « Quel est le nom de votre professeur ? »

Berlaudier ne pouvait plus reculer, et, dans un effort désespéré, il dit :

« Meufieu Mifel[3].

– Fort bien, dit M. Payre. Crachez ce que vous avez dans la bouche ! »

Je craignis pendant une seconde, que Berlaudier ne s'étouffât en essayant d'avaler l'oiseau : il était devenu cramoisi[4]. Toute l'étude le regardait, et les cancres[5] du premier rang s'étaient à demi levés pour mieux voir son exécution[6].

« Dépêchez-vous, tonna M. Payre, ou je fais appeler M. le censeur[7] ! »

Berlaudier, terrorisé, enfonça le pouce et l'index dans sa bouche, en tira le disque brillant de salive, et le posa sur le pupitre[8].

M. Payre le regarda un instant, et dit (comme s'il faisait une conférence[9] sur les instruments de musique) :

« Cet appareil est remarquable, mais il n'est pas aussi moderne qu'on pourrait le croire. J'en possédais un moi-même

1. **Mimique** : expression, grimace.
2. **Cartographe** : atlas, livre rassemblant des cartes de géographie.
3. Meufieu Mifel est la déformation, du fait de l'objet qu'il a dans la bouche, de « Monsieur Michel ».
4. **Cramoisi** : rouge foncé.
5. **Cancres** : mauvais élèves.
6. **Exécution** : ici, l'annonce de sa punition.
7. **Censeur** : aujourd'hui, conseiller principal d'éducation (CPE).
8. **Pupitre** : bureau, table sur laquelle il travaille.
9. **Conférence** : long discours.

lorsque j'étais élève de cinquième, au collège d'Arles… Il fut malheureusement saisi par mon maître d'étude, qui s'appelait M. Grimaud.

Marcel Pagnol, *Le Temps des secrets*,
Collection Fortunio, Éditions de Fallois © Marcel Pagnol, 2004.

Susie Morgenstern, *La Sixième*

La classe de sixième 6, qui s'est mal comportée pendant le cours du professeur d'anglais, reçoit, collectivement, trois heures de retenue. Le professeur leur demande de quitter la salle et les élèves suivent Margot, déléguée de classe.

Le troupeau sortit d'un seul mouvement, hébété par la tempête[1] qu'il venait de subir. Les élèves ne savaient pas où aller jusqu'au prochain cours. Ils suivirent Margot qui s'assit sur un banc dans la cour ensoleillée, les coudes sur les genoux, et prit sa tête dans ses mains. C'était sa position favorite pour réfléchir.

Au bout d'un long moment, elle annonça :

– Écoutez, ça ne peut pas continuer comme ça…

Enfin son idée apparut. Elle rêva à haute voix :

– Pourquoi ne serions-nous pas comme la sixième 2 adorée, dont M. Maldonné[2] nous parle tous les jours. Nous ne sommes pas plus bêtes qu'eux.

On l'écoutait attentivement.

– C'est vrai, affirma Christian. On n'est pas aussi bêtes qu'ils le disent.

– Écoutez, reprit Margot, on n'a qu'à se mettre vraiment à travailler. Mais tous ! On n'a qu'à décider qu'on va tous travailler. On n'a qu'à faire le pacte[3] de devenir la meilleure sixième de l'établissement.

---

1. **Hébétés par la tempête** : surpris par la colère du professeur.
2. M. Maldonné est le professeur de français de la classe.
3. **Pacte** : serment, décision commune et solennelle.

L'enthousiasme[1] de Margot était contagieux.

– Écoutez, il faut décider de tous réussir la sixième. Tous ou personne. S'il y a un seul élève qui doit redoubler, alors on redouble tous !

Et comme si elle lisait dans les pensées de Catherine qui était une bonne élève, elle continua :

– Les forts aideront ceux qui ont du mal à rattraper le niveau. Il faut qu'on arrive à avoir tous la même note. On peut faire des équipes avec un bon et deux mauvais.

– Chouette ! Super ! applaudirent Arthur et Philippe.

– Ça ne peut pas marcher, jugèrent Catherine et Annick.

– Ça va marcher ! protesta Margot.

Le soir, Margot créa un nouvel alphabet : *L'ABC Solidarité*[2] *Sixième Six* qui servirait de traité d'accord[3].

A attention	I intelligence	R réussite
B brillez	J jugement	S sérieux
C courage	L leçons	T travaillez
D discipline	M motivation	U urgence
E effort	N notez	V volonté
F fonctionnez	O organisation	W double volonté
G générosité	P patience	Z zèle
H habileté	Q qualité	

Comme d'habitude, les K, X, Y la gênaient mais elle s'en était bien tirée avec le W.

Le lendemain, Margot fit signer le traité par tous les élèves de la sixième 6. Elle l'enferma dans une poche secrète de son cartable et se mit immédiatement à l'œuvre en aidant Camille à réviser les dates de l'histoire de Rome.

Susie Morgenstern, *La Sixième*, L'École des loisirs, 1985.

1. **Enthousiasme** : énergie positive.
2. ***Solidarité*** : entraide, fraternité, coopération.
3. **Traité d'accord** : texte exprimant une décision commune.

René Goscinny et Jean-Jacques Sempé, *Le Petit Nicolas*

Le Petit Nicolas a d'abord été publié entre 1955 et 1956 dans le magazine belge *Le Moustique* avant d'être repris en 1959 sous forme de nouvelles illustrées. Cette planche fait partie d'une série de vingt-huit planches. Les enfants jouent tranquillement dehors aux billes. Le père de Nicolas veut le protéger de la pluie et lui suggère de rentrer à la maison.

René Goscinny et Jean-Jaccues Sempé, *Le Petit Nicolas, la bande dessinée originale*. © IMAV éditions, 2017.

Daniel Pennac, *Kamo, l'agence Babel*

Kamo a promis à sa mère d'apprendre l'anglais en trois mois et correspond depuis avec une Anglaise, Cathy Earnshaw. Plusieurs indices semblent laisser penser qu'elle est née au XIXe siècle ! Kamo se replie sur lui-même et ne pense plus qu'à cette mystérieuse correspondante. Il ne parle même plus à son fidèle ami ! Le narrateur décide donc de prouver à Kamo qu'il s'agit d'une supercherie et qu'il ne correspond pas avec un fantôme. Il découvre l'agence d'où partent les lettres et en envoie une à Kamo, écrite avec la même plume que son soi-disant fantôme… Le choc est rude pour Kamo, mais il accepte de se rendre sur les lieux pour éclaircir ce mystère.

– Mais pourquoi m'as-tu envoyé cette lettre, bon Dieu, pourquoi ?

Il s'est brusquement arrêté et me secoue comme un prunier[1]. (C'est la troisième fois depuis que nous sommes sortis du métro.)

– Tu étais malade…

– Je n'étais pas malade, bordel, j'étais heureux ! Heureux, tu sais ce que ça veut dire, heureux ? Heureux, pour la première fois depuis la mort de mon père !

– Mais quelqu'un se foutait de toi, Kamo !

– Rien du tout ! Quelqu'un me faisait rêver. Un rêve extraordinaire. Même la nuit ne peut pas en inventer de plus beaux !

– Mon œil ! Tu y croyais ! Tu devenais dingue !

– Non ! Je savais que c'était un rêve.

– Peut-être, mais tu ne savais plus ce qu'était la réalité.

– La réalité…

Il me lâche soudain, comme si tous ses nerfs se détendaient d'un coup. Puis, ses deux mains sur mes épaules :

– J'espère pour toi qu'elle est à la hauteur de mon rêve, ta réalité, sinon…

---

1. **Me secoue comme un prunier** : m'agite brutalement comme l'arbre fruitier qu'on secoue pour en faire tomber les fruits.

Un murmure féroce[1], qui découvre ses dents. [...]

Je suis tout oreilles[2]. C'est qu'on monte dans l'escalier. On monte en toussant. Une toux caverneuse[3] de fumeur. Cathy. La Cathy de Kamo. Et je n'ai pas eu le courage de la lui décrire[4].

– Kamo...

Sa main s'abat sur mon bras. Il me fait signe de me taire. Les pas s'immobilisent sur le palier.

J'entends grincer le portillon en fonte de la cachette[5].

Évidemment, la clef n'y est plus. Je sens une hésitation de l'autre côté de la porte. Je ne vois plus que la poignée. Et, bien sûr, comme au cinéma, la poignée finit par tourner sur elle-même. Et la porte par s'ouvrir. Et ce que nous voyons, Kamo et moi, debout dans l'encadrement, nous laisse muets de stupeur[6]. Ce n'est pas mon apparition de la poste. C'est quelqu'un d'autre. C'est la mère de Kamo. Elle reste là, un sourire amusé aux lèvres. Elle tient à la main une tasse de café fumant et serre sous son bras une cartouche de cigarettes blondes. Silence. Puis elle dit :

– Le café a débordé, il y en a plein la soucoupe.

Instinctivement, Kamo lui prend la tasse des mains et va la déposer sur la table, à côté de la pile des tasses vides.

Elle ferme la porte et demande :

– Tu sais quel jour nous sommes ?

Son sourire, mi-affectueux, mi-ironique[7], flotte toujours sur ses lèvres.

– Le quatorze ? Le quinze ?

---

1. **Féroce** : ici, menaçant.
2. **Je suis tout oreilles** : toute mon attention est concentrée sur l'écoute.
3. **Caverneuse** : rauque et profonde.
4. Le narrateur a vu une vieille femme peu élégante recueillir les lettres destinées à Cathy Earnshaw et croit qu'il s'agit de la correspondante de Kamo.
5. La clé du bureau, où les lettres sont écrites, est cachée dans la colonne réservée aux employés du gaz.
6. **Muets de stupeur** : très étonnés, sidérés.
7. **Mi-ironique** : à moitié moqueur.

– Le quinze, mon chéri. Il y a trois mois aujourd'hui que tu t'es mis à l'anglais, jour pour jour.

Ils sont debout l'un en face de l'autre. Ils ne se touchent pas. Mais ils se regardent comme s'ils ne s'étaient pas vus depuis des années[1]. Finalement, Kamo murmure:

– Alors, c'est ça, ton fameux boulot?

Oui de la tête. Et un petit rire:

– Ici, au moins, je ne m'engueule avec personne, je travaille seule; l'agence Babel[2]: c'est moi.

Daniel Pennac, *Kamo, l'agence Babel*, Gallimard, «Folio junior», 1992,

Groupements de textes

1. **Comme s'ils ne s'étaient pas vus depuis des années**: avec un grand étonnement, en se redécouvrant.
2. **Agence Babel**: nom de l'entreprise qui met en rapport des élèves désireux d'apprendre une langue étrangère et des «correspondants» qui sont en fait la mère de Kamo.

Questions sur les groupements de textes

Devenir adulte : une affaire d'enfants

1. Quels personnages, dans ces textes, semblent avoir envie de grandir ? Pourquoi ?

2. Au contraire, quel(s) personnages(s) ne veut (veulent) pas grandir ? Justifiez votre réponse.

3. Qu'avez-vous pensé de ces cinq textes ? De quel(s) personnage(s) vous sentez-vous le plus proche ? Justifiez votre réponse.

Les copains d'abord

1. Reliez chaque extrait d'œuvre à l'action entreprise par le ou les enfant(s).

L. Pergaud, *La Guerre des boutons*	•	•	Désirer progresser de manière solidaire.
M. Pagnol, *Le Temps des secrets*	•	•	Organiser une bagarre pour gagner le respect des adversaires.
S. Morgenstern, *La Sixième*	•	•	S'immerger dans le jeu au point d'oublier les autres.
J.-J. Sempé et R. Goscinny, *Le Petit Nicolas*	•	•	Aider son ami à se sortir d'une illusion.
D. Pennac, *Kamo, l'agence Babel*	•	•	Narguer l'autorité du professeur.

2. a. Quelles œuvres illustrent la solidarité entre les élèves ?

b. Quelle image l'histoire du *Petit Nicolas* donne-t-elle des relations entre les parents et les enfants ? Est-ce que ce sont les mêmes relations qui sont établies dans l'extrait de la *Guerre des boutons* et celui de *Kamo, l'agence Babel* ?

Autour de l'œuvre

Interview imaginaire de Daniel Pennac

Daniel Pennac
(né en 1944)

▶▶| ***Daniel Pennac, pouvez-vous nous parler de votre famille ?***

Je suis né dans une famille de quatre garçons dont je suis le plus jeune. Mon père était militaire, c'est pourquoi nous avons beaucoup voyagé au fur et à mesure de ses postes : l'Allemagne, Djibouti, l'Algérie, l'Éthiopie, le Vietnam, la Côte d'Ivoire...

▶▶| ***Quels souvenirs avez-vous de l'école ?***

Comme je l'ai raconté dans mon livre *Chagrin d'école* (➡ Voir Groupement de textes 1, p. 127-128), cela a été, pour moi, une expérience douloureuse, d'autant que mes frères étaient de bons élèves. Je croyais n'avoir pas de mémoire et la panique me faisait oublier les leçons que je savais la veille... Ma mère s'inquiétait pour moi, mais mon père prenait mes difficultés avec humour.

▶▶| *Comment vous êtes-vous défait de cette étiquette de cancre ?*

J'ai d'abord, heureusement, été initié à la lecture par mes parents. Ma mère lisait beaucoup et mon père s'installait confortablement dans un fauteuil, tout en fumant, et nous invitait à le rejoindre. Il nous faisait alors la lecture. C'était de très bons moments !

Puis, je suis allé en pension et les livres sont devenus ma seule liberté. La nuit, je dévorais des romans, à la lumière d'une lampe de poche, dans mon lit. Je me suis donc enivré de littérature : Alexandre Dumas pour les aventures, Rudyard Kipling et la magie de ses contes ou Charles Dickens qui faisait le portrait d'enfants malmenés par la vie, par exemple.

J'ai enfin rencontré un professeur qui m'a suggéré d'écrire un roman en me donnant pour consigne qu'il n'y ait pas de faute. J'ai donc commencé ce projet exaltant en faisant constamment des allers-retours avec le dictionnaire pour ne pas faire d'erreur. Cette technique m'a permis de faire de réels progrès en orthographe et m'a redonné confiance en moi.

▶▶| *Quand avez-vous commencé à publier des livres ?*

J'ai publié mon premier livre en 1973, lorsque j'avais ving-neuf ans. J'en ai écrit une quarantaine aujourd'hui... J'ai aussi été professeur de français.

▶▶| *Pourquoi n'avez-vous pas conservé votre nom de famille ?*

C'est vrai, mon véritable nom est Pennacchioni. Il se trouve que ma première œuvre évoquait le service militaire. Comme mon père était militaire, je ne voulais pas qu'il ait des remarques ou des ennuis à cause de mon texte, j'ai donc raccourci mon nom en « Pennac ».

▶▶| *Qu'est-ce qui vous a plu dans votre métier de professeur de français ?*

Beaucoup de choses. J'ai d'abord immédiatement identifié les mauvais élèves, comme celui que j'étais autrefois. Je connaissais leurs pensées et j'ai eu à cœur de les rassurer, de leur redonner confiance en eux. Je savais qu'ils mettaient beaucoup d'énergie à inventer des excuses pour leur ignorance. J'ai cherché à tourner leurs forces plutôt vers l'apprentissage. De plus, j'ai beaucoup aimé faire connaître de grands et beaux textes littéraires à mes élèves parce que cela les faisait réfléchir, nourissait leur imaginaire et pouvait consoler dans les moments difficiles. J'ai été professeur pendant vingt-six ans et j'ai adoré ce métier.

Qu'est-ce qui vous réjouit actuellement, en dehors de l'écriture ?

Je suis heureux de tenter de nouvelles expériences: enregistrer des livres audio, mettre en scène une pièce de théâtre, collaborer avec un auteur de bandes dessinées, écrire des albums pour les enfants ou bien encore écrire des scénarios pour le cinéma. Bien sûr, mon amour pour les romans ne s'est pas éteint et je continue à en publier très régulièrement, soit pour les adultes, soit pour la jeunesse!

Contexte historique et culturel

L'évolution de l'école au XXe siècle

À la fin du XIXe siècle, Jules Ferry instaure l'école primaire publique, laïque, gratuite et obligatoire. Cependant, certains enfants pauvres quittent l'école rapidement pour travailler et apporter une aide financière à leur famille.

Au XXe siècle, l'école subit plusieurs transformations avant de devenir le système actuel que nous connaissons. En 1924, on crée un baccalauréat pour les filles, plus d'un siècle après celui des garçons. En 1959, on impose la scolarité jusqu'à seize ans et on crée des collèges d'enseignement général et d'autres d'enseignement technique. En 1975, les établissements ont l'obligation d'être mixtes et sans filière, pour que chacun ait le temps de découvrir ses propres talents et puisse poursuivre des études qui lui ressemblent.

Un siècle de progrès

À partir de 1946, la hausse des salaires et le plein emploi relancent l'économie et la société, particulièrement affectées par les deux guerres mondiales (1914-1918 ; 1939-1945). On profite de nouveaux loisirs : les congés payés, en 1936, permettent de partir en voyage. Le film intitulé *Les Vacances de M. Hulot* (1953) de Jacques Tati est une illustration de ces bonheurs nouveaux.

On se presse dans les théâtres pour découvrir le music-hall et le jazz venu d'Amérique. En 1953, le livre de poche, peu coûteux, permet de diffuser plus largement la littérature. Le cinéma devient populaire ainsi que la radio, puis la télévision, qui se donnent plusieurs buts : distraire, informer et instruire. On propose des pièces de théâtre à la radio, des romans adaptés au cinéma ou bien des reportages sur des sujets variés. Ces œuvres, très populaires, permettent de diffuser une culture commune.

Le XXe siècle marque enfin une plus grande indépendance des femmes : elles obtiennent le droit de vote, en 1944.

Repères chronologiques

1939	**Début de la Seconde Guerre mondiale.**
1943	Antoine de Saint-Exupéry, *Le Petit Prince.*
Avril 1944	**Droit de vote pour les femmes en France.**
6 juin 1944	**Débarquement des soldats alliés en Normandie.**
1er déc. 1944	Naissance de Daniel Pennacchioni (dit Daniel Pennac).
8 mai 1945	**Fin de la Deuxième Guerre mondiale en Europe.**
1946	Jean Cocteau, *La Belle et la Bête.*
1954	J.R.R. Tolkien, *Le Seigneur des anneaux.*
1962	Yves Robert, *La Guerre des boutons.*
Mai 1968	**Contestation des étudiants pour défendre leur liberté et grèves massives en France.**
1969	**L'homme marche sur la Lune.**
1973	Joseph Joffo, *Un sac de billes.*
Sept. 1981	**Abolition de la peine de mort en France.**
1984	Daniel Pennac, *L'Œil du loup.*
1987	Louis Malle, *Au revoir les enfants.*
1989	**Chute du mur de Berlin.**
1992-1993	Daniel Pennac écrit la série des *Kamo*.
1993	Création du Web.
1997-2007	J.K. Rowling, *Harry Potter.*
11 sept. 2001	**Attentat terroriste à New York (World Trade Center).**
2007	Daniel Pennac, *Chagrin d'école* (prix Renaudot).

Les grands thèmes de l'œuvre

Un récit à hauteur d'enfants

Le collège : une source d'angoisse

Dans le roman *Kamo et moi*, le narrateur est face aux angoisses du collège. Crastaing se montre distant et sévère avec les élèves, voire culpabilisant : « Et vous, vos parents, vous ne les méritez pas ! » (l. 75, p. 15). De ce fait, les enfants ne sont pas en confiance. Ils ont peur de leur professeur et ne l'apprécient pas.

Dès que quelque chose l'irrite, Crastaing punit les élèves et convoque les parents : « Deux heures ! Et une petite conversation avec monsieur votre père. » (l. 56-57, p. 14) Les élèves craignent ces rencontres et le narrateur constate avec stupeur que son père les redoute également.

Mais, ce qui angoisse le plus le narrateur, c'est la rédaction ; un devoir obligatoire devenu un rituel hedomadaire. Dans ce domaine aussi, Crastaing se montre intransigeant et refuse que les enfants inventent : « Ce n'est pas de l'imagination, ça, mon pauvre ami, c'est du mensonge ! » (l. 49-50, p. 14). Les élèves se sentent donc démunis et comme paralysés face à cet obstacle insurmontable. C'est finalement le médecin qui posera le meilleur diagnostic sur la situation : « crastaingite aiguë, ces gosses sont morts de peur, voilà tout. » (l. 32-33, p. 39)

La famille : un cadre rassurant

Face à cette pression, les enfants se tournent vers leurs parents. Lorsque le narrateur accumule les heures de retenue, Pope prend cela avec distance. Quant à Moune, elle se renseigne sur la scolarité de son fils : « Encore une rédaction que tu n'as pas finie à temps ? » Mais, après confirmation, elle ajoute : « Tu es vraiment le plus grand flemmard que je connaisse… » (l. 37, p. 13). Les parents ne haussent donc pas le ton, mais ils n'apportent pas non plus de solution.

Tatiana, la mère de Kamo, entoure son fils d'attention, mais s'y prend maladroitement. Son caractère impulsif l'effraie. Pourtant, elle essaie de maintenir le souvenir du père décédé : « Depuis la mort de mon père, je n'entends que ça, des histoires de famille ! [...] C'est pour ne pas remuer tout ce chagrin que je ne voulais pas faire sa foutue rédac, à Crastaing ! » (p. 79). La bonne volonté de Tatiana est bien présente mais, par la douleur que suscitent ses récits, elle n'aide pas son fils dans la réalisation de ses devoirs.

Des questions essentielles

Si le roman raconte le quotidien d'élèves de sixième, il rend également compte des questions que se pose chacun d'eux : qui suis-je ? Que dois-je à mes parents ? Quel adulte vais-je devenir ? Ainsi, la rédaction de Crastaing encourage les enfants à s'interroger et à dépasser leurs préoccupations immédiates. Ainsi, le narrateur se pose des questions sur le passé de ses parents, puis il s'interroge sur lui-même : « Je me levai et me regardai longuement dans la glace de mon armoire : [...] Comment imaginer cela adulte ? Dans quel sens allais-je pousser ? » (p. 40). Petit à petit, le collégien prend conscience du temps qui passe dans la vie de ses parents, et dans la sienne, transformant, dans un premier temps, son corps et, dans un deuxième temps, son esprit.

Des obstacles à surmonter

Le récit de *Kamo et moi* met donc en scène de jeunes héros qui doivent affronter différents obstacles. D'abord quotidiens et liés à leur vie de collégien, ces obstacles deviennent tout à coup bien plus importants... :

Disparaître...

Qui n'a pas rêvé de disparaître face à des tâches insurmontables ? L'élève trouve des stratégies d'évitement : le sommeil et la fièvre sont des recours possibles. En panne d'idées pour sa rédaction, le narrateur en fait l'expérience : « Je suis tombé sur mon lit. Ce n'était pas le sommeil. Ça ressemblait plutôt à un évanouissement » (l. 80-81, p. 41). Les uns après les autres, les élèves de Crastaing tombent malades.

Le rêve est aussi un moyen de tout oublier mais, mêlé à la fièvre, il devient effrayant. On retrouve ainsi, tout au long du récit, les motifs négatifs et cauchemardesques du puits, de la chute et de l'eau : « Je me suis laissé tomber dans le sommeil... j'ai sauté à mon tour dans le puits... j'ai noyé la lumière du jour... » (l. 131-133, p. 83). La lumière, à l'inverse, est positive et liée au retour à la vie : « J'ai jailli à l'air libre, ruisselant et les poumons en feu. Le soleil m'a saisi en plein vol [...]. » (l. 17, p. 85)

... ou chercher de l'aide

Fort heureusement, la disparition n'est pas la seule solution pour un élève angoissé ! Le narrateur trouve ainsi en Kamo son plus fidèle allié. Kamo se distingue en particulier par son humour. Il aime imiter Crastaing, ce qui permet de dédramatiser la situation : si le professeur est imitable, il en devient moins effrayant. De plus, c'est un garçon énergique qui suit ses intuitions : « Il dort, en ce moment. On va s'y mettre dès qu'il se réveillera. [...] Te fais pas de bile, on tient le bon bout ! » (p. 81). Il est un ami précieux, car il met ainsi à distance ce qui effraie et cherche des solutions pour améliorer la situation.

Pope est un autre adjuvant du narrateur qui a recours à l'humour. Il aime bien faire de l'ironie. Quand le narrateur émerge de sa fièvre, il déclare : « Ne t'affole pas pour ta rédaction [...]. On ne peut pas écrire et mourir en même temps... Toi, tu as choisi de mourir... » (l. 9-11, p. 88). Ces paroles font sourire son fils, car il connaît l'humour paternel et est ravi d'en bénéficier de nouveau.

La famille est également un refuge pour l'élève inquiet. Pope renvoie à son fils une image de force. Il se rend aux rendez-vous de Crastaing, même s'il les craint. Moune incarne l'attention et la sécurité : « La main de Moune qui soulève ma nuque [...], la chaleur du lait au miel... [...] C'est le bonheur en personne qui se glisse dans mon corps. » (p. 89). Les deux parents du narrateur représentent la solidité et l'amour pour le collégien.

Grandir et devenir adulte

Apprendre à se connaître

Le roman montre l'évolution de Kamo et du narrateur grâce au professeur, qui invite les enfants à réfléchir sur leurs propres origines avec son sujet de rédaction. Ainsi, Kamo aime les histoires de famille racontées par sa mère, mais il constate qu'il est plus joyeux qu'elle. Le narrateur se compare à son père, mais il remarque qu'il est plus anxieux que lui. Il comprend aussi qu'il a adopté des façons de faire de sa mère. De plus, le roman plonge nos deux héros dans une situation inédite : les enfants deviennent adultes tandis que leurs parents redeviennent enfants. Cette inversion des rôles force le narrateur et Kamo à changer de point de vue et à endosser les responsabilités des adultes.

Ces réflexions se doublent d'une prise de conscience du temps qui passe et de la valeur de chaque instant. C'est pourquoi, vers la fin de l'histoire, le narrateur s'adresse à ses parents et demande à pouvoir vivre pleinement son enfance : « C'est moi, l'enfant ! [...] Ne me volez pas mon rôle ! Allez, on arrête de jouer » (l. 122-126, p. 82). Pour profiter de son enfance, il faut que chacun soit à sa place.

... pour aider les autres

L'évolution des enfants dans l'histoire leur permet de comprendre leur professeur. Dès le début, le narrateur ressent une douleur chez Crastaing : « Une grosse boule montait dans la gorge de notre prof [...]. Il avait l'air d'un enfant alors. D'un enfant terriblement vieux » (l. 72-74, p. 15). Plus tard, lors de son rêve mêlé de fièvre, le narrateur voit son professeur autrement : redevenu enfant, petit et habillé d'une robe de chambre trop grande. Le narrateur est alors touché par la tristesse du personnage. Il devine son chagrin et en connaîtra les raisons ensuite, grâce aux explications de Pope.

Kamo et le narrateur vont donc aider Crastaing. Il va évoluer à son tour. Il devient capable d'indulgence et lit pour la première fois un texte avec enthousiasme. Il s'humanise : les élèves en sont fascinés. La compréhension de soi permet l'empathie pour le professeur qui n'est finalement plus une énigme. Cette sympathie profite alors à tous.

Fenêtres sur...

Des ouvrages à lire

D'autres ouvrages de Daniel Pennac

• *L'Œil du loup*, Pocket Jeunesse, 1994.
Dans un zoo, un enfant regarde, fasciné, un loup borgne. Tous deux se comprennent si bien qu'ils lisent, dans le regard de l'autre, et se trouvent des points communs.

• *Le Tour du ciel*, Joan Miró et Daniel Pennac, Calmann-Lévy, 1997.
Daniel Pennac crée un récit à partir de douze tableaux de Joan Miró. Cela permet de découvrir les tableaux tout en lisant la conversation entre une fille et son père à qui elle raconte son rêve. Une lecture plaisante et instructive !

Des héros en mauvais termes avec l'école

• Carlo Collodi, *Les Aventures de Pinocchio* [1881], trad. de l'italien par N. Castagné, Gallimard Jeunesse, « Folio junior », 1998.
Geppetto, un menuisier, fabrique un jour un pantin de bois représentant un petit garçon qu'il nomme Pinocchio. Celui-ci prend vie. Son père veut qu'il aille à l'école pour avoir une bonne éducation. Mais Pinocchio ne tient pas ses promesses...

• Anna Gavalda, *35 kilos d'espoir*, Bayard Jeunesse, 2002.
Grégoire est un jeune garçon qui n'aime pas l'école. En sixième, il a déjà deux ans de retard. La seule chose qui l'intéresse, c'est de bricoler avec son cher grand-père. Cependant, lorsque Grégoire se fait renvoyer du collège, son grand-père n'est pas content...

D'autres œuvres qui évoquent l'école

• J.K. Rowling, *Harry Potter à l'école des sorciers*, trad. de l'anglais par J.-F. Ménard, Gallimard Jeunesse, « Folio junior », 1998.
Premier roman d'une série devenue très célèbre, cet ouvrage raconte l'enfance de Harry, orphelin recueilli par sa tante Pétunia et son oncle Vernon chez qui il n'est pas le bienvenu. L'arrivée de Hagrid, demi-géant gardien des clés et des lieux, va lui révéler qu'il est un sorcier et qu'il est inscrit à l'école de sorcellerie de Poudlard. Un monde nouveau s'offre à lui et marque le début d'aventures extraordinaires.

• Nicolas de Hirshing et Fanny Joly, *Qui a piqué les contrôles de français ?*, Casterman, 2011.
On a retrouvé un classeur contenant 25 rédactions corrigées. Elles portent toutes sur le même sujet : « Vous passez un après-midi avec votre grand-mère. Racontez. » Voilà un sujet que Crastaing n'aurait pas renié et un livre qui aurait réjoui Kamo et le narrateur : les rédactions sont déjà écrites, il n'y a plus qu'à choisir celle qu'on préfère ! De plus, les corrections du professeur sont très drôles...

• Riad Sattouf, *Les Cahiers d'Esther*, tome 3, Allary, 2017.
Cette série sous forme de roman graphique est la chronique de l'évolution d'une petite fille prénomée Esther, que l'on suit de ses neuf ans à ses dix-huit ans. Dans le tome 3, Riad Sattouf évoque avec humour et tendresse la sixième de la petite Esther et tous les sujets qui l'agitent.

Des films à voir

(Les œuvres citées ci-dessous sont disponibles en DVD.)

• ***Les Disparus de Saint-Agil***, **film français de Christian-Jaque, 1938.**
Dans le collège de Saint-Agil, trois amis, Sorgue, Macroy et Beaume, ont des réunions secrètes, la nuit. Ils organisent des cérémonies et se retrouvent également pour participer à la cagnotte commune qui leur permettra un jour de partir tous les trois en Amérique. Un jour, Sorgue voit un homme sortir d'un mur. Peu de temps après, l'adolescent disparaît ! C'est le début de nombreuses aventures…

• ***La Guerre des boutons***, **film français d'Yves Robert, 1962.**
Longeverne et Velrans sont deux villages voisins. Les enfants de leurs écoles respectives se battent régulièrement pour être les plus forts et les plus respectés. Cette fois-ci, ceux de Longeverne ont l'idée, lorsqu'ils attrapent un adversaire, de lui couper les boutons et les bretelles pour qu'il se fasse gronder par ses parents. Eux-mêmes prennent la précaution de combattre entièrement nus. Cette idée va mettre de l'animation dans les deux villages !

• ***Mud : sur les rives du Mississippi***, **film américain de Jeff Nichols, 2013.**
Deux adolescents, Ellis et Neckbone, sont amis. Ils se promènent régulièrement sur une île au milieu du Mississippi. Un jour, ils découvrent qu'un homme, Mud, s'y est réfugié. Il fait un peu peur avec son tatouage de serpent, ses superstitions et son revolver. De plus, il prétend que des chasseurs de prime le recherchent. En même temps, il croit en l'amour et leur demandent de prévenir sa fiancée de sa présence sur l'île. Les garçons s'attachent à lui et décident de l'aider.

Des œuvres d'art à découvrir

Histoire des arts

(Les œuvres citées ci-dessous peuvent être vues sur Internet.)

• Marie Bashkirtseff, *Un meeting*, 1884, huile sur toile.
Marie Bashkirtseff est une sculptrice et peintre d'origine ukrainienne. Dans ce tableau, peint en 1884, elle représente un groupe d'écoliers pauvres, en pleine discussion. Cette artiste est également très célèbre pour son journal intime, écrit en français. Elle meurt à vingt-cinq ans de la tuberculose mais a, malgré tout, laissé une empreinte durable dans l'art: https://www.musee-orsay.fr/fr/collections/oeuvres-commentees/peinture/commentaire_id/un-meeting-21497.html?tx_commentaire_pi1%5BpidLi%5D=509&tx_commentaire_pi1%5Bfrom%5D=841&cHash=ad81c6756e

• Robert Doisneau, *La Poterne des peupliers*, 1934, photographie.
Découvrez sur ce site de nombreuses photographies prises par Robert Doisneau. Vous pourrez admirer des scènes d'amitié entre des enfants et des scènes d'école https://www.robert-doisneau.com/fr/portfolios/474,enfants.htm

• Greg Miller, *Morning Bus* (Bus du matin), XXIe siècle, photographie.
Le photographe américain Greg Miller prend des clichés de collégiens et d'écoliers attendant le bus scolaire du matin, ému par leur fragilité: https://www.gregmiller.com/work/morning_bus/

• Annick Leroy, *Le Petit Écolier*, 2013, sculpture.
Découvrez une sculpture d'Annick Leroy, intitulée Le Petit Écolier *et installée sur la place de la mairie d'Acigné, en Ille-et-Vilaine, en 2013. La statue évoque un écolier des années cinquante, courant joyeusement, avec son cartable sur le dos:* https://www.flickr.com/photos/thierry-clouet/9059874143

@ Des sites Internet à consulter

• http://www.le-temps-des-instituteurs.fr/dec-artistes-de-a-a-e.html

Ce site permet de découvrir les peintres qui ont peint l'enfance et, en particulier, l'école. Ils sont classés par ordre alphabétique et permettent de s'imaginer l'atmosphère des écoles d'autrefois.

• https://www.youtube.com/watch?v=GRBn9mBKuIg&feature=youtu.be

Dans cette vidéo de quatre minutes, on peut découvrir le musée national de l'Éducation, qui est situé à Rouen. La présentation explique l'organisation du musée tout en montrant de nombreux documents de leurs collections.

• https://www.lumni.fr/serie/les-chemins-de-l-ecole

Sur ce site,vous pourrez visionner des extraits des documentaires diffusés sur Arte et ayant pour thèmes les chemins utilisés par de jeunes enfants des quatre coins du monde pour accéder à l'école. On découvre les difficultés nombreuses qu'ils affrontent et l'importance qu'ils accordent à l'enseignement.

Daniel Pennac

■ Daniel Pennac est né en 1944 à Casablanca, au Maroc. Il est le quatrième et dernier d'une tribu de garçons et passe une partie de sa scolarité en internat. Ses études de lettres le mènent à l'enseignement, à partir de 1969. Parallèlement à son métier de professeur, il se met à écrire, notamment pour les enfants, avec des romans comme *Cabot-Caboche*, *L'Œil du loup* ou la série des *Kamo*. À ces fictions s'ajoutent d'autres types de livres: un essai sur la lecture, *Comme un roman*, deux ouvrages en collaboration avec le photographe Robert Doisneau et *La Débauche*, une bande dessinée, avec Jacques Tardi. En 1995, il quitte l'enseignement pour se consacrer entièrement à la littérature. Toutefois, il continue d'avoir un contact avec les élèves en se rendant régulièrement dans les classes. ■

Découvrez les autres aventures de Kamo chez Gallimard Jeunesse !

Dans la même collection

CLASSICOCOLLÈGE

14-18 Lettres d'écrivains (anthologie) (1)
Contes (Andersen, Aulnoy, Grimm, Perrault) (93)
Douze nouvelles contemporaines (anthologie) (119)
Fabliaux (94)
La Farce de maître Pathelin (75)
Gilgamesh (17)
Histoires de vampires (33)
Les Mille et Une Nuits : Aladin, Ali Baba, Sindbâd (156)
La Poésie engagée (anthologie) (31)
La Poésie lyrique (anthologie) (49)
Le Roman de Renart (50)
Les textes fondateurs (anthologie) (123)
Neuf nouvelles réalistes (anthologie) (125)
Jean Anouilh – *Le Bal des voleurs* (78)
Guillaume Apollinaire – *Calligrammes* (2)
Louis Aragon – *Le Collaborateur et autres nouvelles sur la guerre* (142)
Honoré de Balzac – *Le Colonel Chabert* (57)
René Barjavel – *Le Voyageur imprudent* (141)
James Matthew Barrie – *Peter Pan* (165)
Béroul – *Tristan et Iseut* (61)
Ray Bradbury – *Fahrenheit 451* (152)
Évelyne Brisou-Pellen – *Thésée, Ariane et le Minotaure* (158)
Albert Camus – *Le Malentendu* (114)
Lewis Carroll – *Alice au pays des merveilles* (53)
Driss Chraïbi – *La Civilisation, ma Mère !...* (79)
Arthur Conan Doyle – *Sherlock Holmes, Le Chien des Baskerville* (173)
Chrétien de Troyes – *Érec et Énide* (144)
Chrétien de Troyes – *Lancelot ou le Chevalier de la charrette* (109)
Chrétien de Troyes – *Yvain ou le Chevalier au lion* (3)
Jean Cocteau – *Antigone* (96)
Albert Cohen – *Le Livre de ma mère* (59)
Corneille – *Le Cid* (41)
Didier Daeninckx – *Meurtres pour mémoire* (4)
Dai Sijie – *Balzac et la Petite Tailleuse chinoise* (116)
Annie Ernaux – *La Place* (82)
Georges Feydeau – *Dormez, je le veux !* (76)
Gustave Flaubert – *Un cœur simple* (77)
Romain Gary – *La Vie devant soi* (113)
Théophile Gautier – *La Morte amoureuse et autres nouvelles fantastiques* (146)
Jean Giraudoux – *La guerre de Troie n'aura pas lieu* (127)

William Golding – *Sa Majesté des Mouches* (5)
Jacob et Wilhelm Grimm – *Contes* (73)
Homère – *L'Odyssée* (14)
Victor Hugo – *Claude Gueux* (6)
Victor Hugo – *Les Misérables* (110)
Joseph Kessel – *Le Lion* (38)
Joseph Kessel – *Une balle perdue* (167)
Rudyard Kipling – *Le Livre de la Jungle* (133)
Jean de La Fontaine – *Fables* (74)
J.M.G. Le Clézio – *Mondo et trois autres histoires* (34)
Mme Leprince de Beaumont – *La Belle et la Bête* (140)
Jack London – *L'Appel de la forêt* (30)
Guy de Maupassant – *Histoire vraie et autres nouvelles* (7)
Guy de Maupassant – *Le Horla* (54)
Guy de Maupassant – *Nouvelles réalistes* (97)
Prosper Mérimée, Théophile Gautier, Guy de Maupassant – *La Vénus d'Ille et autres nouvelles fantastiques* (136)
Marivaux – *L'Île des esclaves* (139)
Molière – *L'Avare* (51)
Molière – *Le Bourgeois gentilhomme* (62)
Molière – *Les Fourberies de Scapin* (9)
Molière – *George Dandin* (115)
Molière – *Le Malade imaginaire* (42)
Molière – *Le Médecin malgré lui* (13)
Molière – *Le Médecin volant et L'Amour médecin* (52)
Jean Molla – *Felicidad* (168)
Jean Molla – *Sobibor* (32)
Michael Morpurgo – *Cheval de guerre* (154)
Jean-Claude Mourlevat – *Terrienne* (159)
George Orwell – *La Ferme des animaux* (130)
George Orwell – *1984* (175)
Ovide – *Les Métamorphoses* (37)
Daniel Pennac – *Kamo et moi* (172)
Charles Perrault – *Contes* (15)
Edgar Allan Poe – *Trois nouvelles extraordinaires* (16)
Jules Romains – *Knock ou le Triomphe de la médecine* (10)
Edmond Rostand – *Cyrano de Bergerac* (58)
Antoine de Saint-Exupéry – *Lettre à un otage* (11)
William Shakespeare – *Roméo et Juliette* (70)
Sophocle – *Antigone* (81)
John Steinbeck – *Des souris et des hommes* (100)
Robert Louis Stevenson – *L'Étrange Cas du Dr Jekyll et de M. Hyde* (155)
Robert Louis Stevenson – *L'Île au Trésor* (95)
Jonathan Swift – *Gulliver. Voyage à Lilliput* (151)
Jean Tardieu – *Quatre courtes pièces* (63)

Michel Tournier – *Vendredi ou la Vie sauvage* (69)
Mark Twain – *Les Aventures de Tom Sawyer* (150)
Fred Uhlman – *L'Ami retrouvé* (80)
Paul Verlaine – *Romances sans paroles* (12)
Jules Verne – *Le Tour du monde en 80 jours* (166)
Voltaire – *Jeannot et Colin, Le Monde comme il va* (174)
Anne Wiazemsky – *Mon enfant de Berlin* (98)
Émile Zola – *Au Bonheur des Dames* (128)

Cet ouvrage a été composé par Palimpseste à Chevreuse.
La pâte à papier utilisée pour la fabrication du papier de cet ouvrage provient de forêts certifiées et gérées durablement.
Imprimé en Espagne par Novoprint (Barcelone)
Dépôt légal : mai 2021 – N° d'édition : 03581717-02/Novembre2021

PEFC PEFC/14-38-00277